密室

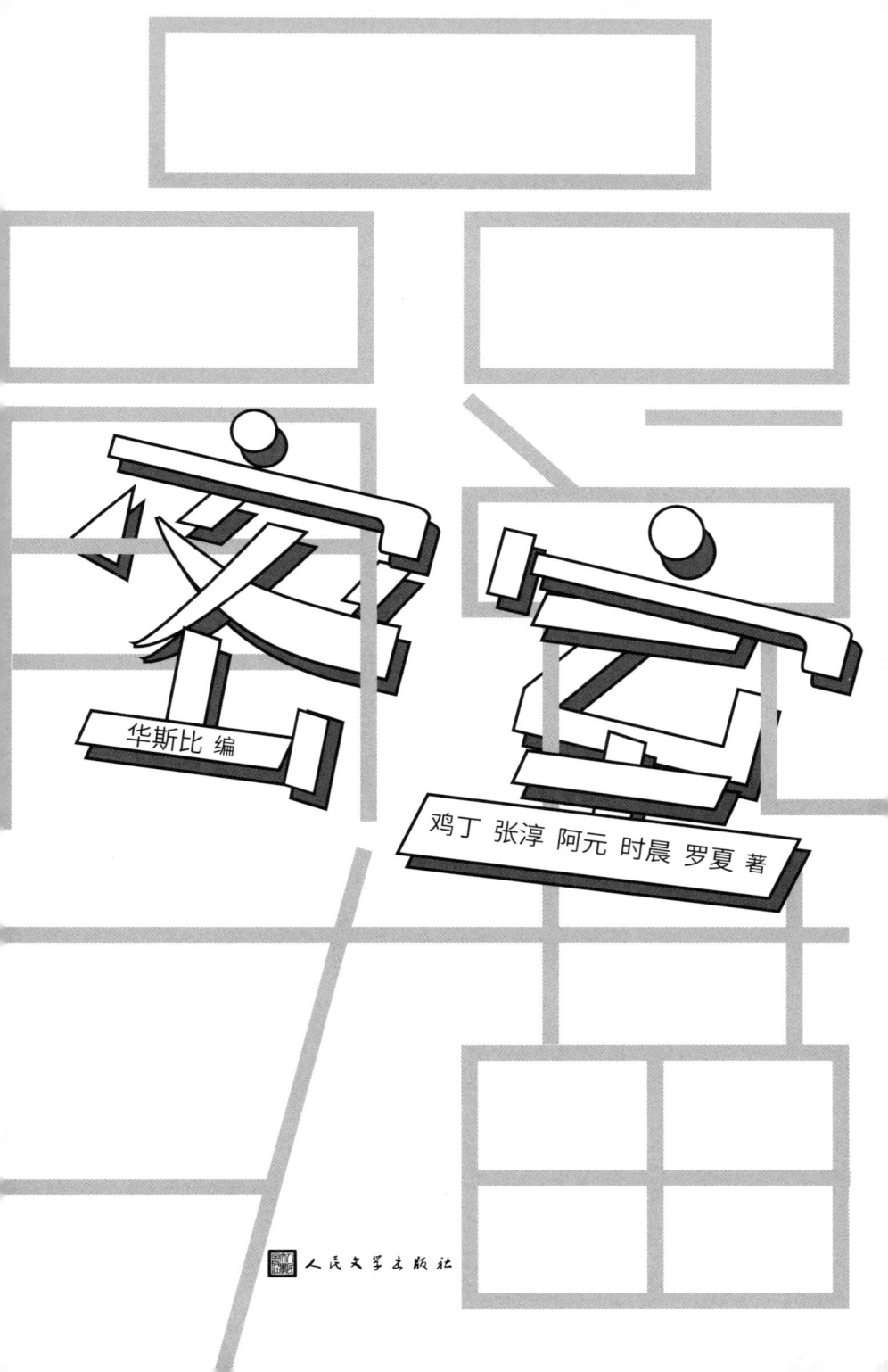

华斯比 编

鸡丁 张淳 阿元 时晨 罗夏 著

人民文学出版社

图书在版编目(CIP)数据

品脱猫:密室/鸡丁等著;华斯比编. —北京:
人民文学出版社,2021
(黑猫文库)
ISBN 978-7-02-016877-4

Ⅰ.①品… Ⅱ.①鸡… ②华… Ⅲ.①短篇小说-小说集-中国-当代 Ⅳ.①I247.7

中国版本图书馆CIP数据核字(2020)第254336号

责任编辑　卜艳冰　王皉娇
封面设计　汪佳诗

出版发行　人民文学出版社
社　　址　北京市朝内大街166号
邮政编码　100705

印　　刷　上海盛通时代印刷有限公司
经　　销　全国新华书店等

字　　数　144千字
开　　本　890毫米×1240毫米　1/32
印　　张　7.5
版　　次　2021年11月北京第1版
印　　次　2021年11月第1次印刷

书　　号　978-7-02-016877-4
定　　价　55.00元

如有印装质量问题,请与本社图书销售中心调换。电话:010-65233595

目 录

憎恶之锤 / 鸡丁…………………………………… 1
最后的瞬移魔法 / 张淳……………………………… 47
日落瀛台 / 阿元……………………………………… 112
玻璃之家 / 时晨……………………………………… 184
冥王星密室事件 / 罗夏……………………………… 218

密室的"谜"与"解" / 鸡丁………………………… 228

憎恶之锤

鸡 丁

一、第一个密室

尸体的面部已经失去血色,深红色的液体从头顶的凹陷处涌出,仿佛打翻的印泥般,染红了一旁的地板,使其散发出骇人的光芒。

这是一间普通居民房的卧室,血迹点缀在雪白的墙壁上,排列成诡异的形状。几平方米大的房间只有一扇窗户,此刻,窗户从里面反锁着,一张木椅从内侧紧紧抵着唯一的房门。

除了那具扭曲的尸体,房间里没有任何人。

自从母亲去世后,我就和哥哥相依为命。哥哥是一名警察,现在家里的全部开支都由他一个人承担。哥哥是个很可靠的人,也很照顾我,他每个月的工资除去必要的开销外,都用在了我身上,不是给我买这个就是买那个。而我呢,只是个刚刚大学毕业的穷学生,一时还找不到人生的方向。

说起我的兴趣爱好,恐怕唯有推理小说了。从初中二年级开始,我就被那些称为"推理小说"的东西牢牢吸引,深陷在这个充斥着猎奇和解谜的世界里。而哥哥也非常了解我的这一嗜好，有时候为了满足我的好奇心，还会把自己遇到的真实案件告诉我，和我一起探讨错综复杂的案情。

这一天，像往常一样，哥哥手捧一沓卷宗走进我的房间。年仅二十八岁的哥哥看上去十分疲倦，整洁的短发遮盖不了他憔悴的面容。看到他日渐消瘦的身体，我时常感到愧疚，恨自己没能力为哥哥分担一些生活压力。

"哥，又发生什么离奇的案子了？"我放下手中的书，问道。

哥哥将案件卷宗摊在我的书桌上，随后坐在我旁边，一本正经地说："勉强能算密室杀人吧，你看看。"他知道用"密室杀人"这个推理小说中常见的字眼一定能引起我的兴趣。

我翻开卷宗，看了几眼现场照片。照片里一个男人躺倒在房间地板上，头部似乎遭到了重击。男子身上穿着西装西裤，蓝色的领带无力地倒在脖子旁。现场惨不忍睹，地板和墙壁上到处是喷溅状的血迹。

"怎么回事啊？"我懒得看那些密密麻麻的文字，便直接向哥哥询问具体情况。

哥哥摸了摸下巴上的胡碴，说道："被杀的是一名房产中介业务员，名叫姚旺，现年二十五岁。案发现场是挂牌在他们中介公司的一间出租房。据我们调查，姚旺在17日——也就是前天下午——和某位客户约好了去看这套房子，结果一去不返，最后被出租房的房东发现陈尸在卧室里。"

"这样看来，那位客户岂不是很可疑？"我摆出疑惑的表情。

"嗯，那位客户是通过姚旺发布在网上的租房广告找到他的，只说自己要租房子住。见面之前，姚旺和他也只是私下在电话里有过交流，确定好看房时间后，两人便约在那套房子附近的某处碰面，因此公司的其他员工并没见过那名客户，也不知道他的来历，"哥哥继续像作报告似的说，"房东已经将房子的钥匙交给了姚旺保管，这样客户来看房时，房东就不必亲自到场开门了。也就是说，死者当时是独自带着客户去看房的。可惜我们找不到目击者，没人知道看房子的是什么人。"

"你的意思是，这是有计划的杀人案，那位声称要租房子的'客户'以看房为由把那个中介骗出去，结果在出租房里把他给杀了？"我按照上述情况做出合理的推断。

"应该是这样没错，"哥哥点了点头，"那位客户的手机在案发后就一直打不通了，估计是临时买的电话卡，除此之外找不到和凶手身份相关的任何线索。现在我们正从杀人动机方面着手调查，看死者近期有无和什么人结过怨。"

"那你说的密室是怎么回事？"我的语气中透出一丝兴奋。

"哦，是这样的，"哥哥指了指卷宗上的现场平面图，"这是一套三房一厅的精装房，两南一北总共三个房间，客厅夹在南北房中间。案发的卧室就是其中一间朝南房。这间卧室的窗户是从里面反锁的，现场位于六楼顶层。最匪夷所思的是，当时卧室的房门被一把椅子从里侧堵住了。"

"被椅子堵住？"我挠了挠额头，"卧室的门是朝内开启的吗？"

"是的。"

"那确实是密室，"我解释说，"如果凶手是从房门离开现场的，门打开时会有角度，而现在椅子既然紧靠着关闭的房门，那就说明房门一直没有被打开过，窗户又是反锁的，凶手究竟是怎么出去的呢？"

"是的，发现尸体的房东告诉我，当他向内推卧室的房门时，感觉门后有一股阻力，由此得知椅子确实是紧靠在门后，门始终处于关闭的状态。"哥哥补充说，"还有那把椅子，原本并不是摆在卧室的，而是从另一个房间搬进来的。凶手为什么要搬把椅子进来？应该是为了制造这个密室，所以他一定用了什么诡计。"

"对了，其实有个很简单的诡计哦。"我突然得意扬扬地笑了起来。

"你想到了？"哥哥瞪大眼睛望着我。

"是啊，嘿嘿！"我自信满满地说，"只要找一根坚韧一点的细线，把线弄成一个环，套在椅子的脚上，接着让线延伸到门外，关上房门。然后从门缝拉动细线，就能把椅子拉到门口，直到它紧靠住门的内侧，再从门缝下把环剪断，最后抽出细线，密室就大功告成啦。我想，凶手是特意从隔壁房间挑了一把相对轻便的椅子，来完成这个手法的吧。"

"不愧是推理小说迷啊，哈哈！"哥哥突然大笑起来，"没错，我们确实在椅脚上发现了细微的勒痕，门后的地板上也有椅子被拖动的痕迹。"

"哥，你早就识破这个手法了吧？"我眯起眼睛，摆出质问的表情。

"当然啦，这种程度的把戏怎么可能难住我们？我就是想考考你而已。"说完，哥哥坏笑了一声。

"对了，死者是被钝器打死的吗？"我把话锋一转，问起死者的死因。

"嗯，应该是用榔头之类的硬物敲击致死的，"哥哥突然又皱起眉头，"不过话又说回来了，这样的死因一看就是他杀，现场也没留下凶器，凶手为什么还要刻意布置这样一个拙劣的密室呢？难道纯粹只是为了扰乱警方视线？"

"这应该才是本案的关键吧，"我纳闷地说，"为什么要制造密室？"

　　二、第二个密室

第二起命案发生在姚旺被杀的一个星期后。

同样是一名房产中介，尸体躺倒在一间出租房卧室的床上，头部被锤子敲出了一个大窟窿，现场没有凶器，血液像一朵盛开的大丽花般蔓延在白色的床单上。死者圆睁着双目，脸上写满了惊恐。

这是一具三十岁左右女性的尸体，身上的黑色职业套装如今已成丧服，双脚耷拉在床的边缘，右脚的高跟鞋落在脚下的地板上。

现场仍旧位于六楼顶层，房间只有一扇窗户和一扇门。发现尸体的是死者的同事。据同事说，死者何莹也是在一天前接到一名客户来电，客户声称要租房，想看一下何莹登在网上的这套六楼的房子。于是何莹和他约好在今天碰面，可是上午何莹离开公司后就一直联系不上她，感到不安的同事便来到这间出租屋，竟然发现何莹头破血流的尸体。

这间出租房的房东同样将钥匙交给了何莹，因此同事去找她的时候只得把房东叫过来开门。当他们推开卧室的房门时，发现门后抵着一台立式空调扇，挪开空调扇后，门才被打开到能容纳一个人进入的宽度。

而那扇窗户，虽然不像前一起案件那样是从里面反锁的，但窗户外面焊着致密的防盗铁栏杆，凶手不可能从窗户出入。

门被空调扇堵着，窗外又装了铁栏杆，和上一次一样，依旧是个不折不扣的密室。

邓远清踏着沉重的步子赶来现场，这已经是他所管辖的区域发生的第二起命案了，而且照情况判断，两起案子很可能是同一凶手所为。

"邓队，尸体在里面，死因是头部遭钝器重击，颅骨破裂。"法医向邓警官报告死因。

"嗯，凭你的经验，凶手和上次是同一人吗？"邓远清摸着下巴询问道。

法医思索了片刻，说："根据伤口的形状和打击的力度来看，凶手很可能是同一人，用的也是同一种凶器。"

"好的。"邓远清走进卧室，查看了一下床上的女尸，紧接着又蹲在门后，端详起那台空调扇。空调扇的底部有四只黑色的小轮子，插头还插在一旁的插座上。随即他弯下腰，用手指抹了抹地板，指尖立刻沾上了晶亮光滑的物质。

"这好像是油。"身后一名新人警员投来好奇的目光。

"嗯，"邓远清向一旁的鉴定人员招手示意，"小李，把地上的油渍取回去化验一下。"

房间角落，一位个子高高的鉴定人员站起身，走到门后，用一根棉签抹了抹地板上的油迹，接着把棉签放进手中的提取瓶。

"邓队，你看，"新人警员指着卧室的门，"门的下缘贴了一层牛皮，可能是怕冬天漏风吧！这样的话，门缝就被堵住了，细线通不过，上次那个手法在这里行不通啊！"

邓远清拍了拍警员的肩膀，不慌不忙地说："这次凶手耍了别的把戏。"

"啊？难道不是从外面把空调扇拉向房门的吗？"

"不是！"邓远清又看了那台空调扇一眼，"我刚才发现，这间卧室的地板略微有些向门的方向倾斜，或许是装修的时候没有弄好。空调扇的底部又装了四个小轮子，这是便于在屋内移动的设计。我想凶手的诡计是这样的：他先从厨房找来一桶油，将油涂抹在门后的地板上和轮子的底部，接着他打开空调扇，调整好叶片的角度，使风保持往正前方吹出，并把风力开到最大。然后凶手将门打开到自己能出去的角度,摆好空调扇的位置,让它背对着房门。一切准备就绪后,他就离开房间把门关上。之后,由于地板是倾斜的,空调扇的轮子上又涂了减小摩擦力的油,再加上空调扇吹出来的强风使其受到一个向后的反作用力,空调扇就慢慢地滑向房门,直到紧挨在门后。"

"还有这招啊!不愧是邓队!"小警员不忘拍马屁,"难怪插头还插着,但房东进来的时候没发现空调扇开着啊!"

"可能凶手设了定时,也可能功率太大,空调扇开的时间过长,线路被烧坏了,"虽然解开了密室手法,邓远清还是紧皱双眉,"我纳闷的是,凶手煞费苦心地弄个密室出来,却将制造密室的痕迹大胆地留在现场,一点掩饰都没有,就好像我们解不解开密室手法都无所谓似的。"

"可能凶手比较笨吧,他想不到我们能根据现场的痕迹推断出密室手法。"新人警员不以为然地附和道。

"不,"邓远清将双手抱在胸前,"这两起案件中的密室,我认为和推理小说里泛滥的密室有所不同,凶手并不是想要制造一个'不可能的状况',与其说是布置密室,我倒认为凶手每次都有这样一个'让家具把门堵住'的习惯。"

居然在真实办案中扯到推理小说,邓远清也觉得很不可思议,或许是受到他那个推理小说迷弟弟的影响吧。

"那凶手为什么每次都要用一样家具将现场的门堵住呢?"我向

哥哥投去疑惑的目光。

"我也不清楚啊！或许是想暗示什么吧，"哥哥将忙了一天的疲惫身躯陷进沙发，若有所思地说，"椅子……空调扇，有什么联系吗？"

"应该不是物品之间的联系吧，"我给哥哥端上一杯热茶，"凶手应该是发现细线塞不进门缝后，临时改用空调扇来实现'家具堵住房门'这一状况的。带轮子的空调扇、倾斜的地板、厨房里的油，这些能凑在一起只是巧合，正好被凶手利用了而已。"

"也是哦，"哥哥啜了一口浓茶，"算了，不想了。对了，你明天要去一家房产中介公司面试？"

我突然想起这件事，忙说："哎呀，我差点忘了。哥，你的皮鞋借我穿穿，明天要穿正装呢。"

"好啊，"哥哥微笑着说，"你大学刚刚毕业，没什么社会经验，去锻炼锻炼也好，那家公司离家挺近的吧？"

"是啊，我工作了就能帮家里分担一些啦。"我挺起胸膛，自豪地说。

"不过你得当心啊！"哥哥的脸色突然阴沉了下来，"在那个专杀房产中介的杀人魔被抓到之前，你凡事都要留个心眼，千万别一个人带客户去看房子。"

"嗨，你放心吧，"我不屑地噘了噘嘴，"有你这个当警察的哥哥保护，杀人魔也不敢对我下手啊！"

哥哥摸了摸我的头，直到现在他还是把我当小孩子似的惯着。

"杀人是会上瘾的,杀人狂在充分满足自己的欲望之前,是很难收手的。还是小心点好!"他最后又关照了一句。

三、面试

西装和西裤实在不适合穿在我身上,身体像被什么东西束缚住似的,别扭不已。为了今天的面试,我只得彻底改变原来的衣着,去披上那套虚伪的皮囊。

哥哥的皮鞋还是挺合脚的,原本脚上的那双运动鞋,已经被我洗干净收了起来,估计以后很长一段时间都不会穿它了吧。而需要系皮带的西裤我以前很少穿,双腿实在没有办法和它"兼容",现在只能迈着奇怪的步子走在路上。

"怎么啦?走起路来一瘸一拐的,面试要注意形象。"早上正要出门的时候,哥哥这样对我说。

"这裤子好像太小了,穿着不习惯,好难过啊。"我向他抱怨道。

说来也是,现在社会上正有个专杀房产中介的杀人狂,而我偏要在这个时候去做房产中介,哥哥会担心也是在所难免。自从哥哥确认了最后跟两名死者联系的"客户"用的是同一个手机号码后,就认定两起案子为同一凶犯。目前哥哥的调查还没有什么新进展,两名死者除了职业相同外没有任何联系,两人也分属两家不同的中介公司,之前毫无交集。

现在哥哥只知道，两起案子大致有四个共同点：第一，死者都是房产中介，凶手以看房为名把目标引出去；第二，两人都是被榔头类的凶器敲击头部致死；第三，案发现场都在多层楼房的顶层；第四，现场的房门都被某样家具从里侧堵住。

除此之外，警察对凶手的杀人动机、什么时候还会再下手等信息一无所知。凶手到底是有目标地针对这两名死者，还是无差别地随机杀害中介人员，此刻也无从判断。警方怀疑凶手极度痛恨房产中介，很可能以前在房产买卖上有过被中介欺骗的经历。目前，他们只能从两名死者手里的客户着手，逐一排查。

今天我去面试的这家房产公司是大华地区规模最大的，门口绿色的招牌上规整地写着"佳华地产"四个白色大字，公司名称旁还有一行小字——灵时路分店。我略感紧张地踏进店门。可能由于现在是买房淡季，公司里没有什么客户。正对着大门的是两排柜台，坐在柜台后把玩着电脑鼠标的两名业务员疑惑地望着我。是啊，我的样子既不像买得起房的客户，又不像拥有房产前来挂牌出售的业主，难怪他们只是傻看着我，而不上前来招呼。

"我找丁经理。"我说明来意，左顾右盼地找寻这家店的分店经理。

这时正在饮水机前倒水的一个男人把脸转向我，看见我后他放下手中的茶杯，说："你是邓宇吧，你好，你好。"

我打量了一番眼前的男子，他身材高大，面目清秀，给人一种精力旺盛的感觉，看上去相当成熟。然而聊了一会儿才知道他只有二十八岁，跟我哥哥一样大。

"为什么会选择做这行？"丁经理和我在一张玻璃圆桌前相对而坐，这是他问我的一个问题。

我想了一会儿，慎重地答道："我觉得能帮别人买到中意的房子，很有成就感，我喜欢和各种各样的人交流沟通。"

面试大概进行了十五分钟，眼前这位丁经理的身上散发出一种莫名的亲切感，跟他交谈的时候感觉很自然，很放得开，我的紧张感也随着面试的深入而消失，这或许就是做销售的人的特质吧。

"你的谈吐不错，很有亲和力，虽然在这行你是白纸一张，不过我看得出你身上有一个优秀业务员的潜质，"这是面试完毕后丁经理对我的评价，"我们公司需要像你这样能吃苦肯学习的新人，如果没问题的话，明天就来上班吧，以后我亲自培训你，我比较喜欢你这样刚刚大学毕业的人。"

听完这番话，我真的很高兴，不管他说的是不是真心话，我总算有了一份工作，至少能自己赚钱了，这比什么都让人高兴。相信哥哥知道我被录取后，也会像我一样开心吧。

走在回家的路上，我迫不及待想将这个好消息告诉哥哥，不过他现在肯定正忙着查案，还是不要打扰他为好。我掏出丁经理刚才给我的名片——先前一直沉浸在喜悦中，还没仔细看名片上的内容——纸片中央印着丁经理的大名：丁铭。

这天晚上，哥哥知道我的面试结果后，虽然和我想的一样表现得很高兴，但仍能看出他心里有疙瘩，可能还是担心我遇到"中介杀人狂"吧。

第二天,我算是正式迈入了职场。虽然在新的人生起点上一时还无法适应,但我仍能感觉到自己身上的充沛精力。第一步要先熟悉周边的楼盘,丁经理让一名和我年龄相仿的业务员带领我调研附近的各大小区,他叫黄文建,同事都亲切地叫他小黄。小黄是江西人,大学毕业后独自来上海打工,他个子矮矮的,不怎么爱说话,鹅蛋形的脸上还留有几分稚气。

"你要记住,房产中介绝不是骗人的行当,但适当的谎言有时候也能起到推波助澜的效果。"丁经理给我培训时的语气,跟那天面试时简直有天壤之别,表情始终很严肃。

"哎呀,小孩子嘛,一开始别教他那么多,慢慢来。"插嘴的是店里的营业主任,一位三十五岁左右的女性。她叫张静美,早年从医学院毕业,毕业后却从事着和自己专业完全不沾边的房地产行业,一做就是十几年,有着非常老到的经验。张静美体形微胖,圆润的脸上架着一副与她的形象格格不入的眼镜。她给我的第一印象,就是一个"啰唆的大妈"。

丁经理不满地瞪了张静美一眼,说:"我培训的时候你别说话!这是最基础的事情,当然要让他知道。"丁经理属于年轻有为的类型,性格有时比较急躁。在工作风格上,他往往和张静美的观念有很大出入,因此,两人平时处得并不怎么融洽。

除了小黄和张静美,店里还有两名员工:一位叫孙羽,是个比我大几岁的小伙子,典型的"工作狂",瘦得皮包骨头,凌乱的头发配上小巧的圆框眼镜,再加上如同骷髅一样的脸,感觉就像整天沉迷于研究的爱因斯坦;还有一位是和张静美同级别的营业主任,他叫贾传永,三十岁出头的成熟男性,有着一张英俊而细嫩的脸,相信一定迷倒过很多女客户吧。

后面的故事,就从我认识这些人的那一刻开始了。

四、前兆

"把价格全部做低十万,先吸引客户,只要有电话进来,就一定有买房需求。"丁经理又开始用浑厚的嗓音发号施令。在佳华地产已经工作了一个星期,虽然有些地方我还不是很适应,但一些相关工作流程已基本熟知。

"在网上把价格做低,不是欺骗客户吗?到时候怎么收场啊?"我小声地问一旁的小黄。

小黄摇了几下圆鼓鼓的脑袋,对我说:"先把客户骗出来看房再说嘛,而且这样也能增加我们每周的带看量,少一组带看可要扣二十块钱呢。"

我默默地点了点头,将网上的一套一百五十万的房子改成了一百四十万。我开始渐渐明白,在这个纷繁复杂的社会中,很多事情都非表面看到的那么简单,当事人往往也都是身不由己。对目前的我来说,"听话"或许是唯一的生存之道。

坐在我另一边的孙羽笑着插话道:"做生意就是这样,你不骗他，他就骗你，现在的客户都贼精贼精的。说到底，二手房交易就是一场业主、客户和中介间的智力游戏。"说完，他将骷髅一样的脸转回电脑前，继续忙自己的事。

我叹了口气，说："我怎么感觉我们中介行业就是夹在业主和客户中间'渔翁得利'的角色。"

"你终于开窍了，老弟。"孙羽拍了一下我的肩膀，对我的观点表示赞同。

"废话少说！快忙手里的事，晚上还要开会呢！"由于刚才孙羽说得太大声，惊动了坐在后头的丁经理，他用严厉的口吻这样吼道，一副十足的领导架势。

中午休息时间，大家都关注起近期闹得沸沸扬扬的"中介杀人狂"事件。张静美翻阅着手中的报纸，连连感叹道："还有这种事，大家要小心点啊，被杀的两个中介都是附近的。"

"这人一定被中介骗过，作孽啊！"孙羽将一口牛肉炒饭送进嘴里，食物滑入食道的过程在他纤细的脖子上清晰可见。

"哎呀，我上午接到过一个陌生老头的电话，不会有问题吧？"张静美做作地装出一副害怕的样子，"孙羽，下午看房你陪我去吧。"

孙羽还没将口里的饭咽下去，就拍着胸脯说："没问题，张妈，我保护你，不管那老头是劫财还是劫色。"孙羽称张静美为"张妈"，这也是全体店员给她起的绰号。

"喊，我这把年纪，劫色就免了吧。"张静美甩了一下手掌，识趣地说。

丁经理从微波炉里拿出老婆给他准备好的爱心便当,走到桌前跟我们一块吃饭。我再次仔细打量这个男人——年纪轻轻就已经成家立业,事业有成。此时的我,内心深处燃起一股小小的妒意。

"张静美,你别在这里危言耸听,搞得人心惶惶的,大家还是先干好自己的事情吧。"丁经理连吃饭的时候都要摆出领导的架势,"不过为了保险起见,这几天如果接到新客户,带看的时候最好两人一组,明白吗?"

众人一言不发地点点头。这时孙羽突然放下手中的饭盒,举起右手,直视着丁经理,说:"报告领导,我今天想提前下班,晚上要整理新搬来的东西。"

孙羽出生在一个单亲家庭,从小跟父亲生活在一起。他体弱多病的父亲近期被医院诊断为肺癌,必须马上住院。为了凑齐父亲的医药费,孙羽只得卖掉家里的一套大房子,将卖得的钱再去买一间小面积住房,用余下的钱来给父亲治病。

现在孙羽新买到手的房子还未办理过户手续,暂时不能入住,而自己原来的住房又已经出手,所以目前只得独自在外面租房,来熬过这一个月的过渡期。就在前几天,孙羽租下了一间只有二十多平方米的一室户老公房,今天上午刚把东西搬进去,因此,他晚上必须早些回去收拾屋子。

丁经理平时虽然比较严格,但也有通情达理的时候,他同意了孙羽的请求:"那你就六点下班吧,提前一个小时放你走。"

"我来帮你忙吧，你一个人未必忙得过来。"张静美此时笑嘻嘻地献殷勤。

丁经理立即识破了张静美的意图，冷笑了一声，说道："你可不准提前下班。"

"我当然下班后再去啊。"张静美不悦地推了推脸上油腻腻的眼镜。

"好的，谢谢你张妈，"孙羽继续吃起炒饭，"这间房子只是临时住所，简单弄一弄就可以了，等我搬走后，还必须帮房东找到新的租客。"

"那你现在就可以找客户了呀，早点签约，等你一走新租客马上搬进去，房东不是会很高兴吗？"丁经理给孙羽下达了指示，再次暴露出他急躁的性格。

"嗯，好的，"孙羽抓了抓乱蓬蓬的头发，附和道，"这样带看也方便，哈哈。"

"邓宇，有什么不明白的就多问，我挺看好你的。"吃完午饭的丁经理对我说完这句话，就离开了桌子。

当然，最后饭桌上的残渣还是留给我来收拾。

五、第三个密室

孙羽已经三天没来上班了，手机也打不通。自从7月2日晚上孙羽提前下班后，一直到今天6日，我都没见到过他。3日是他的休假日，不算这天，等于孙羽已经整整失踪两天了。

因为大家都不放心，于是张静美打电话给孙羽正在医院养病的父亲，可他也说不知道自己儿子的行踪，这几天根本就没来医院看过他。最后丁经理决定，带着我一起去孙羽家一探究竟。

孙羽目前租的房子位于离公司不远的一个老小区，那里的房子差不多也有十五年的历史了，外观陈旧，但周边地段好，紧邻七号线轨道交通，因此房价也不怎么便宜。

我们来到孙羽所住的那栋楼，因为是老小区，大楼门口连防盗铁门都未安装。丁经理忧心忡忡地踏上楼梯，我紧随其后。孙羽的屋子位于这栋楼的六楼顶层，当我们来到他家门口时，都已经气喘吁吁，我更是热得汗流浃背。

我和丁经理交替着敲门，但屋内毫无动静。我们夸张的呼喊声和敲门声惊动了隔壁的邻居，对面屋子走出一位老太太，不满地瞪着我们。向她解释我们的来意后，老太太说她昨天半夜听到孙羽的屋子里传出一声沉重的撞击声，像是什么东西砸到了地板上，但具体是什么声音她也说不上来。

丁经理的脸上露出不安的神情，他叫我打电话到店里，让小黄联系房东过来开门。

二十分钟后，一个肥硕的中年男子爬上楼梯，手里拿着一把钥匙，他就是这间出租房的房东。他将钥匙插进防盗门的锁孔，打开了锁，但门仍然推不开，仿佛门的后面有什么力量顶着。

我顿时萌生一阵不祥的预感，难道又是一起案件吗？我们三人合力将房门挤开一条小缝，刚才那位老太太则在一边茫然地注视着我们。

　　视线穿过狭小的门缝——床，我看见一张床，门的背后被一张木板床挡着，这是门打不开的直接原因。房东有些焦躁了，他使出浑身力气撞向房门，床终于被撞开了一点，门打开到能够容纳一个人进入的大小。房东二话不说跨进房间，并且踩在床上越过这个庞大的障碍物。我和丁经理也有序地进入屋子。

　　房间中央，挂在天花板吊灯架子上的尸体把六只眼球全都吸引过去。乱蓬蓬的头发，额头上方的黑红色污迹，嵌入脖子的麻绳，同时一股腐臭味闯进我的鼻腔。

　　孙羽已经死了。

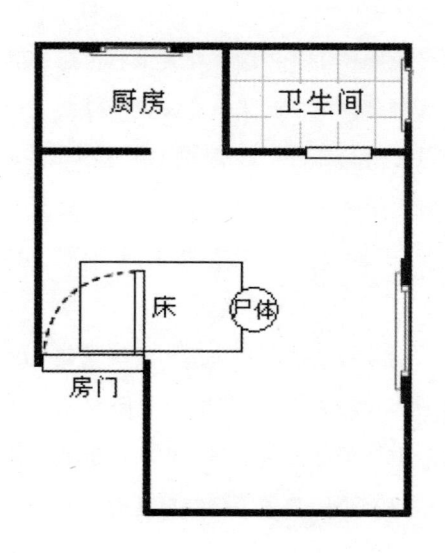

哥哥很快来到了现场,说是正好在附近办案。不久之后,小区的门口就停满了顶灯闪烁的警车。哥哥见到坐在房间一角的我,露出诧异的表情。因为是工作时间,他不便和我聊太多,我们只能以警察和尸体发现者的身份交谈。没过多久,哥哥便要求一位警员带着我和丁经理离开,去别处做笔录。而我目前的义务就是把和死者的关系以及发现尸体的经过完整地告诉警方。

邓远清徘徊在这个氧气稀薄的现场,这间一室户的屋子可谓"麻雀虽小,五脏俱全"。内部的装修与房子老旧的外观形成鲜明的反差,可能房东是想以此把租金抬高一些。这次的牺牲品居然是弟弟的同事,邓远清在感到意外的同时也庆幸出事的不是自己的弟弟。

这次的案件依旧发生在顶层,死者虽然也是被榔头敲死的,但这次凶手将死者的尸体吊了起来,这又是为什么呢?不可能是为了伪装成上吊自杀,因为死者头部的伤口很明显。由于这几天天气炎热,尸体已经开始进入腐烂阶段,法医从外表只能大致推测出,孙羽死亡已经超过三天,要得到更精确的死亡时间,必须回去解剖尸体后才能知晓。

尸体放下来后,被放进裹尸袋运离现场。如今的孙羽真的变成了一具没有生命的"骷髅"。邓远清俯身捡起原本掉在尸体脚下的一把小型榔头,榔头的金属表面被几块污斑覆盖。这次居然把凶器留在了现场,这是否预示着凶手已打算洗手不干,就此收场?可是鉴定人员告诉他,现场的这把榔头虽然是敲死孙羽的凶器,但和前两宗命案死者的伤口并不吻合,之前的凶器可能还要再大一些。这个结论又让邓远清感到不安,凶手为什么要用不同的凶器呢?

邓远清依旧不忘检查现场的窗户,包括卫生间和厨房,所有窗户的外侧都装上了防盗铁栏。根据证人的口供,发现尸体的时候,现场的房门被门口那张木板床从内侧堵着——又是一个密室。就像他之前推测的那样,凶手或许并不是刻意要把现场设计成无法出入的密室,而只是想用家具把门堵住而已,但房间里的窗户正好都安装了铁栏杆,才恰巧形成了密室状态。

即使这样分析,仍旧无法说明凶手是用什么方法离开房间的。这次挡在门后的可是一张木板床,和前两次的小家具不同,细线不一定能拉得动它。随即,邓远清检查了防盗门,房东的安全意识很强,这点从所有的窗户都安装了防盗铁栏杆就可以看出。防盗门的底部嵌有一块凸起的木板,因此门与地板之间根本就没有缝隙,门与门框间也是严丝合缝,就算细线能够拉动木板床,也通不过这扇门。那么如果是一边关门一边拉动细线呢?也不可能,这样的话细线就很难顺利回收,现场也找不到任何可代替细线的物品。

凶手究竟是如何离开现场的呢?这个问题开始困扰起邓远清,这简直就是违背物理法则的状况!前两次迅速破解凶手诡计的成就感,在这次的案件中荡然无存。

六、分析

这天晚上我提前下了班,公司里的各位在知道孙羽出事后,也全然没有工作的状态,丁经理便提议大家早点回去休息,调整好状态后第二天再好好上班。

哥哥今天亲自给我做了晚餐,不知道为什么,他今天的心情好像特别好。都已经是第三起命案了,凶手还逍遥法外,他为何如此高兴?我感到相当困惑。或许只是因为被杀的不是我吧。

"快吃吧,吃完早点休息,老哥我等会儿还要出去办案。"哥哥手里端着两盘菜,愉悦地走到餐桌前。

"哥,你破解出凶手制造密室的方法了吗?"我关心地问。

哥哥坐下来,端起手里的饭,大口吃了起来。

"还没头绪呢,现场的那扇房门很紧密,任何利用门缝来做文章的把戏恐怕都行不通,而且床几乎是紧贴着门背后的,不然房东用钥匙打开门锁的时候,门应该还能推开一点,但根据你们的说法,门当时完全推不开。所以我想,这次凶手一定用了什么特殊的方法。"

我的好奇心开始急剧膨胀,凶手到底用了什么异想天开的手法让床抵住房门呢?

"哥,可不可以再给我看看现场照片?"

"先吃饭,吃完饭拿给你。"哥哥将一块鸡肉夹进我的饭碗。

我用最快的速度消灭掉碗里的饭菜,急切地对哥哥说:"好了,快拿给我看吧。"

哥哥笑着摇了摇头:"真拿你这个'推理迷'没办法!"他起身从公文包里拿出一沓文件放到桌上。

我再次端详起照片中的现场，同时对照脑中的记忆，开始回想那间封闭小屋里的种种景象。当时床上的床单、被子和枕头都被凶手扔在了地上，挡在门后的只是一张光秃秃的木板床，凶手为什么要这样做呢？我注视着照片中的木板床，这是一张普通的矮床，床头部分用几根纤细的木条拼搭出一个简易的靠背，床面就是一块大的木板，这时我注意到木板上分布着零星的血迹。

"对了，"哥哥见到我聚精会神的样子，似乎想到了什么，"验尸报告上说，死者的头部被击打了两次，两次击打的时间间隔很短。床上的血迹，是第二次击打的时候溅上去的。"

"两次？"我在脑中模拟出凶手挥锤的动作。

"嗯，两次的伤口都有活体反应，也就是说，凶手很可能第一次敲击的力度太轻，孙羽并没有死，凶手随后又补了第二击。等确认孙羽死亡后，凶手又用麻绳套住尸体的脖子，将死者吊在天花板的吊灯上。"

"是这样啊……可为什么要把尸体吊起来呢？难道又是凶手特殊的仪式？"我放下手里的照片，揉了揉眼睛，"最后一个见到孙羽的人应该是我们公司的张静美吧。"

"是她没错，"哥哥点点头，"她说2日晚上去孙羽家帮他整理屋子，大概晚上九点左右，东西全部整理好，她就离开了。第二天早上，她收到孙羽的短信，说是有个租客要来他家看房，叫她准备好租赁合同，如果房子被看中就直接来公司把合同签了。可是之后他们并没有来签约，张静美打孙羽的电话也没有人接，就一直没再联系上他。"

"我记得孙羽正在帮这间房子找下一个租客。这个租客不会就是连环杀手吧？"我深吸一口气，"法医说孙羽死亡超过三天，那很有可能就是3日早上被杀的。"

"嗯，但是有一点很奇怪，孙羽的手机不见了，我们在现场和尸体身上都找不到他的手机，如果是凶手拿走的话，他为什么要这么做呢？"

我舔了舔嘴唇，思索了一会儿："确实很费解。"

"不过话又说回来了，你们公司的人都知道连环杀手的事，明知道孙羽接待了一个不明租客，之后又一直没联系上他，怎么过了三天才开始担心？"

我无奈地摇摇头："我同事小黄好像跟我说过，孙羽虽然工作的时候像个疯子，但身体却很差，时常请病假，有时候甚至连招呼也不打一声就直接在家里睡上一天，这个时候就算打他电话打到没电他也听不见，睡得像死猪一样。每次丁经理都被他搞得很头疼，第二天训斥了他一顿后下次他还是这样，老毛病始终改不了。所以，这种情况公司里的人都已经见怪不怪了，再说谁又能想到杀人案会发生在自己身边呢？"

"如果能早点发现尸体，说不定也能尽快抓住凶手，我的心事也就了了。"哥哥意味深长地说着。

是啊，毕竟发生了这么多起命案，我知道哥哥心头沉重的压力。孙羽又是我的同事，我也想尽快为他找出凶手。

"对了，我想到一个办法！"我忽然灵光一闪，激动地大叫，"用冰块啊！先把床搬到门后，将它的侧面横向抬起来，用一块巨大的冰垫在底下，这样门的后面就留有稍许可以打开的空间。凶手离开后把门关上，冰块慢慢融化，床一点点压下来，放平之后，床不就紧靠在门的背后了吗？所以凶手才拿掉床单和被子啊，因为要将床抬起来嘛，不拿掉被子它们就会掉下来。"

哥哥惊愕地看着我，他似乎对我的这个突发奇想感到意外，可他还是苦笑了一下，对我说："想法是不错，不愧是看推理小说长大的。不过这个方法还是不能用在这个案子上，我检查过，现场屋子里铺设的那种地板，虽然外观色泽光鲜，但质量比较差，遇水会扭曲膨胀或者隆起，而且那里是老房子，如果地上洒了大量的水，楼下的天花板很可能会渗水，五楼的居民不可能没察觉。所以说，现场并没有使用过冰块的痕迹。"

听到"渗水"两个字，我的心弦像被什么东西拉动了一下。

"你连地板都检查了？"我用挖苦的语气说。

"现场当然要勘察入微啊，不能放过任何一个细节。其实我之前也考虑过凶手会不会用冰块什么的来设置机关，但没你想得这么细致。"

"那干冰呢？干冰就不会留下水迹啦。"我还是不想让自己的结论这么快被否决，于是提出改善方案。

"这么大的干冰到哪儿去弄啊？干冰的硬度也不够支撑木床吧，还有，木料接触到干冰这样的极低温物质，也是会变形的，"哥哥再次毫不客气地否决我的推理,"不管是冰块还是干冰,要把它们搬到六楼就不是一件容易的事,如果被楼里的其他居民发现的话,就功亏一篑了。"

"好吧……"我终于放弃了挣扎。

七、床与尸体的魔法

虽然大家都沉浸在沮丧的气氛中,但该做的事还是得做。今天早上,公司里每个人都忙着各自手头的工作,打电话的打电话,看房子的看房子,谁都没有谈及孙羽,这件事似乎成了店里的一颗定时炸弹。

作为领导,丁经理总要形式化地表示几句,以鼓舞士气。

"我知道孙羽的事让大家很难过,可能一时还无法接受这个现实,但更重要的是活着的人,我不希望看到你们因同事的死被打垮,案子就交给警方吧,他们一定会抓住凶手的。"

谁都没有说话,只是继续埋头做着手里的事,我也继续抓起桌上的电话,拨打了某个业主的手机号。周围的这些同事,除了悲伤产生的消极情绪外,恐怕也在担心自己会成为杀人狂的下一目标吧。

午休时间,丁经理和张静美坐在会议室吃午饭,贾主任出去带看了,前台只有我和小黄两人。

"原来你哥哥是调查这个案子的刑警啊,有什么内部消息吗?"小黄把圆滚滚的脸凑过来,轻声对我说。

"不知道,他们有纪律,我哥从来不跟我说案子的事。"我撒了一个谎。

小黄又放低了声音道:"你说连环杀人狂会不会就在我们店里啊?我看贾主任就挺可疑的,整天在外面瞎晃。"没想到平时不太讲话的小黄私下里竟如此八卦,可能因为年纪相仿的关系,他已经把我当自己人了。

"别瞎猜了,人家那是业务繁忙,哪像我们整天优哉地坐在店里。"我瞥了他一眼。

这时我突然感到腹部一阵疼痛,看来是早上牛奶喝多了,肠胃又开始不舒服。我疾步走向办公区尽头的厕所,正在这时,搁在厕所门旁的一根拖把因为没有放稳而倒了下来,横在了门前。这个画面仿佛按下了我脑中的某个开关,触动了我所有的脑神经。扔在一边的被子、床板上的血迹、吊着的尸体、腐化、木条搭成的靠背、床和尸体的位置、半夜的撞击声,这些片段在我脑中汇集成一个光点,徐徐照亮真相的大门。

"小黄,跟丁经理说一声,我有事出去一下!"上完厕所的我飞奔出佳华地产的店门。

"喂,哥,我想我知道凶手是怎么把大床靠在门后的了,你现在有空吗?"我用手机打了哥哥的电话。

哥哥和我约在附近的一家肯德基碰面,买了两个汉堡充饥后,哥哥就迫不及待地说:"快说说你的高见。"

我清了清嗓子,郑重其事地说:"其实方法很简单,我昨天的那个思路并没有错，床确实被抬了起来。"

哥哥仍旧是一头雾水，他摸了摸胡碴，不满地说："不会又是用什么高新材料垫在床下吧。"

"当然不是，"我笑了笑，继续说，"这个道具就在房间里，就在我们面前啊。"

"我们面前？"哥哥撇了撇嘴，"我们面前只有一个吊着的死人。"

我夸张地拍了一下桌子，大声说道："没错！就是孙羽的尸体把床抬起来的，也是孙羽的尸体把床放下来的。"

哥哥似乎被震慑住了，脸上尽是错愕的神情："别开玩笑了，你以为这是鬼故事啊？行了行了，别卖关子了，一次性讲清楚吧。"

我吸了一口可乐，开始解释凶手的把戏："床确实被抬了起来，但不是抬它的侧面，而是将整张床竖立起来。凶手把床搬到门口，算好角度后，将床的侧缘贴着门旁的墙壁竖直抬起来，床头朝上，接着，他让孙羽的尸体握住床头靠背上的横向木条。我画张图给你看。"

说着，我拿出随身携带的记事本和圆珠笔，在纸上画了几下，将笔记本移到哥哥面前。

"凶手应该是站在椅子上，让尸体的双手紧握住床头的木条。人死后，尸体会有一个僵直的过程，尸体在死后三十分钟到两小时内就会硬化，九到十二个小时后完全僵硬。凶手就一直站在椅子上，捏着尸体的手，让尸体保持这样一个握着床的姿势，直到尸体的双手彻底僵硬。我想，这应该是一个漫长的过程，不得不佩服凶手的毅力。

"当这个固定工作完成后，尸体僵硬的双手十指紧扣着床头的木条，好比两把有力的钳子，牢牢地抓着这张竖立着的木板床。下一步很关键，此时，凶手将原本垂直竖立在地板上的床，稍稍往门的方向弄倾斜一些，最后床就保持在这样一个平衡的位置。到这里为止都没有问题吧？

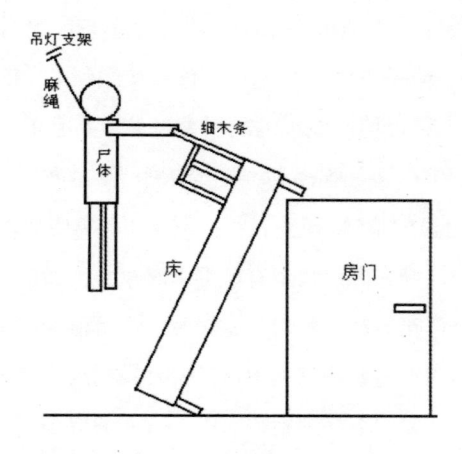

"好了，因为床这样竖着，虽然侧面挨着墙壁，但房门却能毫无障碍地打开，凶手可以大摇大摆地离开屋子，之后的事情，就交给尸体自己处理了。通常情况下，三十个小时后，尸体会慢慢软化，七十小时后恢复原样，之后就进入腐败的过程。在尸体软化的阶段，双手的肌肉也会一点点松弛，最后，双手无法支撑床的重量，整个力学平衡系统被破坏，床便一股脑地倒向门的后方，最终形成了从里侧堵住房门的状态。

"为何要将尸体吊起来,以及为何要拿掉床单和被子,我想就不必解释了吧。隔壁老太太半夜听到的撞击声,应该正是床倒下时的声音,这个时候,尸体差不多也快恢复原状了。还有一点,那几天天气比较炎热,温度的升高加剧了尸体僵硬及软化的速度,也帮了凶手一个小忙。至于床板上的血迹,我想是凶手第一击敲中孙羽头部的时候,孙羽昏厥了过去,凶手以为他已经死了,于是开始布置这个密室机关,当他把床单全部扔在地上后,发现孙羽还没有死,便用榔头敲击了第二下,这时血液直接溅到了床面的木板上。

"我想,你说现场木地板的质量差,是单指它的防水性吧?其实那些地板的硬度还是很高的,至少床倒下的时候没有砸坏地板,也没有留下明显的痕迹。还有,你不是说现场要勘察入微吗?我想,门旁边的墙壁上应该会留有床倒下时刮在上面的一道弧线轨迹吧。可能轨迹位置太高,你们没有注意,也可能老房子的墙壁本来就斑斑驳驳的,痕迹并不那么明显。但要找到凶手使用这个诡计的证据,可能你还要回去仔细检查一下上方的墙壁。还有,尸体手部应该也会产生不寻常的尸斑和瘀痕,可以再去问问法医那边的尸检情况。"

哥哥听完我的长篇大论后,先愣了几秒钟,似乎在等待我进一步的推论。当他意识到我已经解说完毕后,才微微点了下头,但仍能从他的双目中看出惊讶和迷茫。

"居然还有这种诡计……利用尸体啊?真是匪夷所思!"他咂了

咂嘴,"你是怎么识破这个伎俩的?"

我喝光了杯中的可乐,打了个饱嗝后,说:"我只是看到公司厕所门口的拖把倒地,想到床其实也可以竖着抬起来,再从门的边上倒下去,于是就解开这个手法啦。"

"你真适合当侦探!"哥哥终于夸了我一句,"不过,虽然解开了密室手法,但凶手还逍遥法外呢,而且也根本不知道凶手如此大费周章的目的。"

我这才明白过来哥哥眼神中为什么会留有迷茫,对哥哥来说,即使破解了诡计,也只等于和前两件案子保持在同一起跑线,毫无新的进展。我看着哥哥倦怠的面庞,右手托腮,和他一起思考起来。

到底是谁杀了孙羽?

八、血疑

我和丁经理抬着一块写满优质房源的告示牌,来到了人来人往的地铁站入口。中介行业里,这样拿着广告板到人多的地方推销房源的做法,称为"驻守"。虽然有点类似于守株待兔,但偶尔也能接到一两个诚意客户。我一直觉得,这种行为和街头摆摊没什么区别,只不过别人卖的是小商品,我们卖的是房子。按理说,分店经理是不亲自做业务的,更不会出来和业务员一块儿驻守。但丁经理好像特别喜欢和我待在一起,似乎真的很赏识我。

今天,又是一个炎热的下午,一般这样的驻守最起码要坚持两三个小时，不管是酷暑还是严寒，你不出来，客户就跑到别人那里去了。也许刚上班的头几天太过兴奋，麻醉了自己的神经，我现在才慢慢体会到这份工作的艰辛。

我把广告牌靠在地铁出入口外面的一根电线杆上，这个位置非常醒目，进站和出站的乘客都能看到，兴许其中就隐藏着想要买房的优质客户。太阳炙烤着我的皮肤，将我的工作热情一点一点蒸发出体外。

见一波客流离去，丁经理点了一根烟，靠在身后的助动车上，时不时从嘴里吞云吐雾。我不会抽烟，只得呆呆地站在原地，忍受着陌生人的目光，体会人生中不寻常的经历。

"今天中午你去哪儿了？"丁经理打开话匣子，消除了沉默的尴尬。

我缄默了许久，最后决定把所有的事情向丁经理和盘托出。主要是因为我也想听听，像丁经理这样头脑发达、整天盘算着在买卖上耍弄阴谋诡计的人，会对真实的杀人事件做出怎样的见解。

丁经理一边抽着烟，一边听着我漫长的叙述。在我解释那个木床密室诡计的时候，他更是听得全神贯注。

"张静美今天请假了啊。"听完我的叙述，丁经理说了这句风马牛不相及的话。

"啊？"

"没什么，"丁经理扔掉烟蒂，用脚将其踩灭，"原来你哥哥会把调查情况告诉你啊，你真是一个幸运的推理小说迷。"

"呵呵，这件事希望你能保密。"此时我才略微感到一阵不安。

"你不觉得很奇怪吗？"丁经理脑中的齿轮似乎开始运转了，"孙羽被杀的案子和前两件凶杀案表面上虽然很相似，但仔细推敲，我总感觉有些不和谐的地方。"

"不和谐？"

"嗯，比如说，敲死孙羽的榔头并不是前两件案子中的凶器，榔头也留在了现场，还有孙羽的手机居然消失了，没有办法比对是否是同一个号码打电话给他的，"丁经理提出可疑之处，"当你哥哥接手孙羽命案时，因为现场极度相似，包括现场都在六楼、死者也是一名房产中介、死因是被榔头敲击致死，这些元素让你哥哥产生了先入为主的思维定式，认为这第三起案件肯定也是之前这名连环杀手所为，于是便忽略了很多细节。"

"那你的意思是？"我渐渐明白了丁经理想要说什么。

"我觉得孙羽的案件只是一起模仿犯罪，"丁经理清晰地说出自己的结论，"杀害他的凶手并不是之前两件案子的犯人，凶手故意把现场伪装得像是连环杀人的第三起案件，只是为了混淆警方的视线，从而逃避罪责。"

"那你认为杀害孙羽的是谁呢？"

"我们一点点来分析，"丁经理了那个凶手用床堵住房门的手法。什么要用床堵住房门呢？理由之手，他知道，连环杀手每次杀完

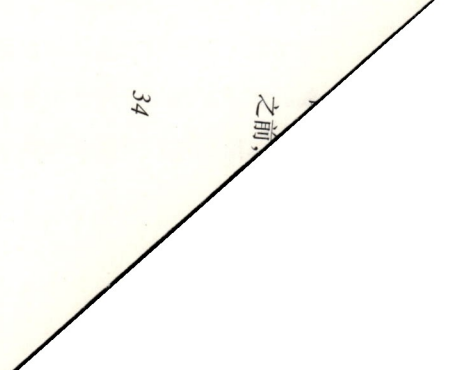

什么要用床呢？现场有更轻便的道具，有椅子，有带扶手的小沙发，这些东西用你刚才说的诡计也一样可以达到想要的效果。况且，虽然这个诡计一时之间难倒了你哥哥，但还是不到一天就被你解开了，凶手对这个大动干戈的诡计没做任何掩饰工作，似乎就是要让你们早日破解，这点非常矛盾。

"然而，当你说到木板床的床面上有孙羽血迹的时候，我想我找到了可以解释以上这些疑点的说法。床面上为什么会有血迹？你当初的解释是，凶手在把床单拿掉的时候发现孙羽没死，于是补敲了第二下，这时候血便溅上了没铺床单的木板床。此时，你已经中了凶手的圈套，凶手就是要让看到血迹的人认为，血迹是凶手布置机关的时候弄上去的。而实际上却完全不是这样。

"你仔细想想，在什么情况下，血迹才会溅到没铺床单和被子的木板床上？以你的脑子应该不难想到吧！没错，就是孙羽在收拾屋子的时候！这个时候床刚刚搬进来，床单还没来得及铺上，被子也放在一边，木板床只是一张光秃秃的床。由此得出一个结论，孙羽被杀的时候，他的床还没铺好。然而，根据张静美的说辞，那晚她是帮孙羽全部收拾完毕后——注意，她说是全部收拾完毕——才离开孙羽家的。这里就有问题了，如果凶案发生在张静美离开后，那么根据我之前的结论，当时床并没有铺好，但张静美却说她已经帮孙羽全部收拾完毕了，连床都没铺，能叫收拾完毕吗？于是，她的供词便出现了矛盾。再回过头来看，如果凶案发生在张静美离开——确切地说，是发生在床还没铺好的时候，那么这个时候，在孙羽家的，只有张静美一个人！你说什么？哦，我懂你的意思，你说那天晚上孙羽是提前下班的，张静美晚到孙羽家一个小时，凶案也可能发生在那一个小时里？那就更不合理了，如果张静美到达孙羽家的时候，孙羽已经死了，她为什么不报警呢？所以无论怎么看，张静美都是最可疑的。我可以明确告诉你我最后的结论——杀死孙羽的凶手就是张静美。

"张静美去孙羽家帮他收拾屋子的时候，可能因为什么事，两人起了争执。张静美动了杀机，她从工具箱里找来一把榔头，猛击孙羽的头部，这一下却只让他昏厥过去，张静美发现孙羽没死，又敲了第二下，没想到第二次击打时，头部的血液溅到了还没铺上床单的木板床面上。木板上的血迹很难清理，如果让警方察觉这一点，聪明的人一定会想到，孙羽是在还没铺好床的时候被杀的，那么她的嫌疑就最大了。她权衡之下，想到了这个误导诡计，把床竖起来布置成密室。因为只有用这个手法，才需要拿掉床单和被子。这样警察就会认为血迹是凶手布置机关的时候溅上去的。这就好比在挖掘古代帝王陵墓的时候，总会有一间假墓室挡在前面迷惑那些挖掘者，让他们以为找到了真正的墓室，从而保护了陵墓。

"换句话说，凶手使用'木床堵门'这个诡计，目的并不是为了制造密室，而是为了掩盖血迹。所以，即使木床堵门的把戏没有成功——比如吊灯的支架也许会因为支撑不了尸体和床的重量而脱落，或者床在倒下前尸体就提早被发现——也丝毫不影响凶手的计划。凶手只需留下'使用这个手法'的证据，让调查人员的视线从

'孙羽是在床还没铺好的时候被杀的'这点上移开，计谋便得逞了，这才是凶手真正的诡计。反过来说，凶手反而更希望警察能够识破'如何让床堵住房门'的伎俩。在这里，'密室诡计'便是待人发现的假墓室，'掩盖血迹'才是凶手真正想要保护的真墓室。况且，让床堵住房门，又能伪装成与之前相同的连环杀人案，可以进一步转移警方视线，何乐而不为呢？"

"为了让戏更逼真，张静美还拿走了孙羽的手机，第二天用它往自己的手机上发短信，让人以为真的有不明租客来找过孙羽。但是实际上并没有陌生客户打过孙羽的电话，张静美不能让警察知道这一点，所以干脆处理掉了孙羽的手机，让警方无从查证。"

虽然已经做好了心理准备，但我还是很难接受这样厉害的一段逻辑推理会出自丁经理之口，他简直和推理小说里的名侦探一样神。

"原来……是张静美，没想到这个木床诡计还有这层作用，"我也开始慢慢接受了这个结论，"这么说，孙羽在2日晚上就被杀了啊，难怪张静美第二天上班那么无精打采，毕竟要握着尸体的手在椅子上站几个小时呢。啊！小黄也跟我说过，她是从医学院毕业的吧，怪不得对尸僵方面的知识这么熟知。真没想到她力气这么大，又吊尸体又搬床的。"

"你会告诉你哥哥我的想法吗？"丁经理吐完最后一个烟圈，掐灭了第二根烟。

"应该会吧，我觉得你的推理很合理，"我抬头看着他，"如果张静美真被抓了,你会难过吗?"

"哼!"他冷笑了一声,"我本来就讨厌那个女人。"

此时,一个中年男子看中了告示牌上的一套"笋盘",饶有兴趣地向我问道:"小伙子,这套房子可以带我去看一下吗?"

我还在犹豫该如何回答他,丁经理马上热情洋溢地说道:"没问题,这套房子现在很吃香的,房东要周末才给看房,您留个电话给我们小邓,让他周末带您去看一下。"

记下电话,男子离开后,我不解地问丁经理:"这套房子我们盘里面好像没有啊?"

丁经理瞪了我一眼,果断地说:"废话!这是套假盘,纯粹用来吸引客户的。现在哪会有这么便宜的房子,你当房东笨蛋啊?后天你打个电话给那个男的,就说房子卖掉了,转套别的盘给他。"

"哦。"我无奈地颔首。

此刻,从丁经理身上,我只能看到冷酷,还有奸诈。

九、第四起案件

两天后,张静美来警局自首,她自知纸包不住火,便一五一十交代了杀害孙羽的全过程及犯罪动机。张静美和孙羽之间有着暧昧的男女关系,不寻常的姐弟恋是酿成这起悲剧的主因。那天张静美来到孙羽家,趁孙羽不注意偷看了他的手机短信,得知孙羽另有一个女友。一气之下,张静美抓起一旁的榔头,将孙羽送入了鬼门关。嫉妒、冲动,这些驻扎在人性阴暗面里的种子,一旦无所顾忌地滋生，总会结出可怕的恶果，吞噬掉人的本性。看似烂俗的杀人动机，却总是萌生于难以摆脱、根深蒂固的人之本源。

张静美也说明了自己是如何利用孙羽的尸僵变化来让床靠到门后，也交代了这样做的原因，这些都与之前我和丁铭的推断没多大出入。

除此之外，张静美否认姚旺与何莹的被杀与自己有关，她杀死孙羽后，只是想将这起案件模仿成连环杀人案之一。警方也调查了先前两起案件中张静美的不在场证明，证实张静美不是凶手。

佳华地产的案件就这样告一段落，灵时路分店里一下子少了两个人，让整间店面变得空荡荡的，却也反衬出似乎"大家全都在外工作"的忙碌景象。

"丁经理，下午能陪我去看房吗？那个客户很精明，我恐怕拿捏不住。"我一边记下房屋的地址，一边恳求道。

"买房还是租房？"丁经理放下手中的一个文件袋，问。

"买房，五十二平方米，一百三十万，精装修，家具全送，房东把钥匙交到我手里了。"我从抽屉里取出钥匙。

"好，我陪你去，告诉我客户的大致情况。"

吃完午饭，我拿起自己沉甸甸的挎包，跟丁经理一块走出公司的大门。步行了一刻钟左右，我们来到一个宁静的小区。

"这个小区虽然老了点，但环境不错，而且离地铁近，到时候可以作为卖点告诉他，"丁经理泰然自若地走在前面，"你和他约在哪里碰头?"

"在14号楼门口。"我不紧不慢地说。

"以后最好约在路口,你带客户从小区后门进来,因为前门这边有个变电站,最好不要让客户看到,要选择最佳的带看路线,明白了吗?"

"哦,明白了。"

"时间还早,我们先上去看看房子,"丁经理走进楼道,"这个房东真信任你啊,一般这种家具全送的房子不太会把钥匙交给中介保管,毕竟不安全。"

爬上六楼,我用钥匙打开厚重的防盗铁门,丁经理率先进入屋子。

"咦,怎么门口有拖鞋,里面还有人住吗?"他又环顾了一下整间屋子,"怎么不像已经搬走了啊?"

我关上身后的房门,慢慢从挎包里取出一把金属榔头,这上面已经沾上了两个人的鲜血。

"这是我家,"我低着头,大口地喘着气,"你还记得吗?"

"你家?"丁经理转过身,他忽然间注意到我手中的榔头,脸上的表情立刻凝结了。

"我问你记不记得?"我握着手中已经生锈发黑的锤子,步步逼近。

"你难道就是那个……专杀房产中介的连环杀手?"他脸部紧绷,大惊失色地问道。

39

我举起榔头,迅猛地向这个人渣的头部抡下,可他的反应不慢,身体一闪,榔头只敲在了他的肩部,响起一声清脆的骨头碎裂声。

"啊!"他忍受着剧烈的疼痛,用左手捂着肩膀,靠在身后的墙壁上。

正当我准备给他致命一击时,身后响起了开门声,哥哥倏地冲进屋内,抓住我举着榔头的手,向后用力一掰,榔头落到了地上。他粗暴地将我推到一边,旋即走到丁铭身前查看他的伤势。

"喂,小张,给我叫辆救护车,地址在……在我家,"哥哥挂掉电话,用锐利的目光瞪着我,嘴唇发颤地说,"邓宇,真的是你?"

我一时语塞,此刻我不知道该用怎样的身份去面对哥哥,是一个听话的弟弟,还是一个凶残的杀人犯?

"你从什么时候开始怀疑我的?"我哽咽着问。

哥哥将丁铭扶到沙发上,面无表情地对我说:"我始终希望我的怀疑是错的,谁能相信自己的亲弟弟会是杀人狂?

"你还记得吗?最初我跟你讨论姚旺案子的时候,给你看了现场的房型图。当时我只说,现场的椅子是凶手从别的房间搬过来的。但是后来你解释细线诡计的时候,却明确地告诉我,椅子是从隔壁房间拿来的。那是一套三室一厅的房子,其中的两间房间是并列朝南的,姚旺陈尸的就是其中一间朝南房,另外一间是与客厅相隔的北房间。那么你所说的'隔壁房间'只能是陈尸房间隔壁的南房间。事实上,椅子也确实是从那间房间拿的,可你又是怎么知道这个信息的？卷宗上并没有写啊。当然，这可能只是你一时的口误，并不能说明什么，当时我也并没有很在意。

"第二件案子里，我揭穿了凶手利用油和空调扇耍的把戏。然而当天晚上，我看到你把自己的运动鞋洗了，就算第二天面试要穿皮鞋，但为什么要急着洗运动鞋？这似乎有些不太寻常。我开始怀疑，是不是鞋子踩到了地板上的油渍，或者沾上血迹了？当然这只是我脑中一闪而过的念头。何莹死的时候，右脚的高跟鞋掉在了地上，我就想，会不会是她抵抗的时候踢了凶手一脚，凶手的膝盖或者哪里受伤了呢？第二天你出门的时候，我发现你走起路来一瘸一拐的，你说是因为不习惯尺寸太小的西裤，这到底是不是借口？我无从判断。

"其实我早就该想到，为什么被害者都是房产中介，为什么凶手要用家具堵住房门，为什么现场都在六楼。难道你还深陷在妈妈死去的阴影里吗？虽然我不想相信你就是这两件案子的罪魁祸首，但职责所在，我不能放过任何一个细节，于是我开始注意你的一举一动。孙羽被杀的时候，我之所以能那么快赶到现场，是因为那几天我一直在你身旁监视着你。为了不让你起疑，我只能以'正好在附近办案'为借口来搪塞过去。当我看到孙羽被杀现场的时候，终于舒了一口气，因为孙羽被害前你没有可疑的举动，每天公司和家里两点一线，我确信你不是杀死孙羽的犯人，这样一来，你也一定不是连环杀手。我心里的一块石头终于放下了，那天我真的很高兴，晚上还亲自烧了很多菜给你吃。现在想想，我当时的确被喜悦

41

冲昏了头脑，以至于忽略了案件中的种种疑点。在我的内心深处，是迫切希望杀死孙羽的就是那名连环杀手的。

"当你跟我讨论木床诡计的时候，我更确信你是无辜的，因为我能从你的脸上看到不解和好奇，如果你是凶手的话，一定早就知道自己的诡计，不可能有那种反应。但是好景不长，张静美突然来自首了，她承认自己是杀害孙羽的凶手，而且只是模仿犯罪。我们也证实了她不是连环杀手。这样一来，所有的问题又回到原点。我的情绪开始崩溃，无奈之下，只得继续跟踪、监视你。没想到，你居然把丁铭带到了我们家，我料想事情不对，便急忙冲进屋子，然而出现在我眼前的却是我最不希望看到的。"

我抑制不了夺眶而出的泪水，跪在哥哥的面前："对不起，哥哥，我控制不了自己……"

救护人员将丁铭从家中带离，这个时候，我的手腕上多出一副冰凉的手铐，它如同一件封印恶魔力量的法器，把我送入审判的殿堂。

十、自白

我初三那年，父亲把我们母子三人抛弃后，母亲用自己的全部积蓄买了一套两室一厅的居家房，为的就是让我们有一个安逸的家。

丁铭是那时候给我母亲推荐房子的房产中介，当时他才二十岁，应该是刚入行。他口若悬河地说服母亲买下那套房子，总是强调六楼采光好，价格又实惠。母亲并没有多想就付了订金，一个月后房子过户到她名下，我们便搬进了新家。

可没想到，接下来等待我们的不是乔迁之喜，而是一场噩梦。每当遇到雨天，房子的天花板就开始渗水，严重的地方还有水滴落下。母亲去找房产中介理论，他们当然表示概不负责，对方称，房子是我们自己选的，中介费都付了，要找就找房东。

能怎么办呢？要怪就怪自己买房心切，太不谨慎。日子总要过的，我们只得将就着住在这样毫无安全感的屋子里，整日期盼着不要下雨。直到一个雨夜，因为渗水太严重，母亲的卧室出现好几处漏水。无奈之下，她晚上睡觉的时候，只得在门口放一把椅子，椅子上摆一个脸盆，用来接水。孰料，由于长期的渗水，卧室的天花板突然垮塌，一块混凝土板不偏不倚地砸中熟睡中的母亲头部，母亲当场毙命。

我到现在还清晰地记得当时的情景。垮塌声如雷鸣般将我惊醒，我惴惴不安地冲到母亲卧室的门口。由于门后被一张椅子挡着，椅子和盛满水的脸盆加起来有一定的重量，再加上椅子后面正好有一个衣柜，门就这样被卡住了。不管我怎么用力推门，它都纹丝不动。哥哥当时住校，家中除了母亲只有我一个人。那种一门之隔的绝望感我一辈子都不会忘记，母亲就在那扇门的后面，可我就是进不去，进不了母亲的世界，也救不了母亲。无论我怎么撕心裂肺地哭喊，那扇门最终还是成了隔绝生死的分界线。

母亲的葬礼上，我竟没有流泪。母亲为我和哥哥操劳了大半辈子，现在居然就这样不明不白地死了，这算什么？都是那个叫丁铭的房产中介，是他害死母亲的，他一定知道房子卖这么便宜的真正原因，却花言巧语地欺骗母亲。只为了区区一些利益，竟然要以母亲的生命为代价。绝对不能原谅，现在还不是哭的时候。

可是，当时的自己年纪太小，什么也做不了。唯一能做的，就只有永远记住这份仇恨。

大学毕业后，我开始计划我的复仇行动。此时的我，已经将对丁铭的仇恨扩展为对所有房产中介的仇恨，我固执地认为，这个行当里没有好东西，这是一份靠编织谎言和耍阴谋诡计来获得利益的低贱职业。我恨不得杀光所有的房产中介。于是，我开始在网上无目的地寻找我的目标，我特意搜寻那些六楼的出租房，而且一定是要中介手里有钥匙的，这样才能和目标独处。我买了一张手机卡，用来冒充有房产需求的客户。打电话的时候，我会用手帕稍稍盖住传声孔，不让对方听到我的真实声音。那把锤子则是在一间废弃工厂的破烂堆里捡的。在姚旺之前，我找过好几个目标，但是这些人要么是来赴约的时候带着自己的同伴，要么是手中根本就没有钥匙，称要等房东在的时候才能看房。如果碰到这些意外情况，只好临时终止计划。

见到姚旺的时候，他察觉出我的声音和电话里听到的不太一样，我便谎称是自己手机的毛病。他并没有多加怀疑，毫无戒心地带我去看房。解决掉姚旺后，我用拉线的方法让椅子抵着房门。这只是复仇的象征，把现场模拟成母亲死亡时的样子，是在强调案子背后的执念与仇恨。很快，第二个"祭品"也被我送入妈妈所在的世界。只是那次，我取出榔头的时候被目标发现了，那个女人惊叫着想要逃跑，我把她推倒在床上，她使劲踹了我一脚，让我的膝盖受了不小的伤，不过最后我还是将她结果了。布置空调扇机关的时候，我不小心踩到了地上的菜油，无奈之下，我回去之后只能把运动鞋洗了，反正第二天要去面试，以后说不定也不会穿运动鞋了。

每次哥哥来跟我讨论案子的时候，我总是装出一副很感兴趣的样子，有时候甚至亲口"推理"出自己的作案手法，毕竟这么简单的把戏，如果我佯装不知道，反而会引起他的怀疑。

终于要到复仇的高潮了，我的第三个目标便是丁铭本人。毕业后，我查到他在附近的佳华地产就职，并且已经成了分店经理。因为房产中介的手机号都能在网上搜到，所以要找到他的信息并不难。如我所料，他八年来一直都没换过号。因为分店经理自己是不跑业务的，所以没有办法像之前那样以看房为由把他骗出来。正巧这时，丁铭所在的灵时路分店在招聘新职员，为了接近他，我便硬着头皮去面试。见到丁铭的那一刻，我的心中难以抑制地燃起一团怒火。他的变化很大，与当年已经判若两人。面试的时候，我有些紧张。虽然面对着仇人，但当时不知道怎么回事，我却出乎意料地能从他的身上体会到一种难以言喻的亲切感。被录取之后，我更是骤然感受到了自己的人生价值。那天，我真的很高兴。

丁铭对我特别照顾，也似乎真的很赏识、很喜欢我。老实说，我当时有一点犹豫。一方面，他给了我工作，给了我自信，教会我很多东西；另一方面，他又是间接害死母亲的凶手。此刻的我真的难以抉择了。

孙羽的被杀让我很感意外，是谁在模仿我犯罪？当时，我的确对凶手使用何种诡计怀有极大的好奇心，我也很想知道这起案子的真相。孙羽的案件，只是我复仇计划中的一个小插曲。当张静美自首后，此事也就告一段落。

然而随着时间的推移，我渐渐看清了丁铭的真面目，可以说，我在八年前就已经看清了。或许刚工作的时候，只是被怜悯之心和感激之情冲昏了头脑。真正的丁铭是一个阴险狡诈、冷漠无情的人。他对我如此关爱有加的原因，或许也只是出于他的一种职业习惯。以后如果有用得着我的地方，我还会说半个"不"字吗？

既然是复仇，那就要有复仇的样子。我最终决定，将最后的舞台选在自己的家，也就是母亲离开人世的地方——这应该是最合适的场所了吧！都过去八年了，丁铭或许已经对这套特别的房子毫无印象了。我原计划杀死丁铭后，还是按照老样子把现场布置成家具堵住门的状态，然后就去哥哥那里自首。

现在一切都结束了，复仇最终没有成功。是母亲的在天之灵阻止了我越陷越深吗？这个问题恐怕只有见到母亲时亲自问她了。

最后的瞬移魔法

张　淳

主角档案

ID：伤痕

职业：N大研究生

身份：N大推理研究社社长、推理小说评论家、不可
　　　能犯罪专家

血型：O

星座：不靠谱的天秤座

序章

深夜里的对话令人毛骨悚然。

"首先，确认死者的致命伤为贯穿伤，凶器瞬时刺入，深度大，被害人当场死亡，死者身体没有任何受到暴力折磨的痕迹，解剖显示死者也并未遭受禁锢、虐待等精神折磨，这表明凶手作案目的并非为了折磨受害者以取乐，我个人认为凶手并非杀人淫乐症患者或者一般的精神失常者。"伤痕说。

"其次，杀手并没有表现出对死者强烈的控制欲。看上去也不

像是对特定人群的仇视——比如女性,或者是警察之类的。

"第三,就是作案的地点——凶手作案的城市跨度很大,目前有T市、B市、S市、N市。6起案件发生在4个城市,这种类型的连环凶杀案非常少见,一般的杀人淫乐症患者喜欢在自己的身边犯案,这样他不仅能够获得强烈的地域熟悉的安全感,而且能听到媒体和身边的人对这些案子的讨论,而这也是他享受作案的一种形式。

"最后是频率,很多为了满足自身欲望的连环杀人案的频率一开始是有逐渐加快的趋势的,但是,这个系列凶杀的时间似乎不符合这个规律,在今年1月7日发生了第一桩,然后是4月20日、4月25日、5月28日、6月28日,周期并没有明显的逐渐缩短,"伤痕停了停,说,"所以,我觉得凶手不是一般的变态杀人狂。"

伤痕看了看案卷上那些血腥的字眼,硬着头皮继续说:"第一个受害者被取走大腿和肝脏,第二个是上臂、肾脏、颈部,第三个是肺部、小臂和身躯……虽然这样说有些变态,但是凶手取走的地方都是可食用部位,而对生殖系统则完全没有变态的兴趣……鉴于此,我觉得可以试着追查食人癖这条线索。"

"谢谢你,这使我们的调查受益良多啊。"电话的彼端是N市分局的雷警官,在为一起跨越数个城市的连环杀人事件而烦恼,其中的第三起命案,就发生在N市。

"不要客气,我只是尽力为你们破案提供一点帮助。"伤痕嘴里这样说着,却感觉身心俱疲。他对变态、残虐的案件吃不消。

挂上电话，他长舒了一口气，把案卷放在不显眼的地方，以免一不小心看到，又引起不愉快的联想。

"食人癖"，伤痕希望自己不要再想起这个字眼。

为什么现在有越来越多的连环杀手，或者毫无计划的冲动杀人……伤痕的专长是解决不可能犯罪，却不知道为什么总陷在变态连环杀人案这种暴力、血腥、复杂、不具有数学美的事件中。

但是，作为一个有良知的大学生，怎么也不能祈祷，仁慈的主啊，赐我一起不可能犯罪吧……

"对了，差点忘记！"伤痕突然叫出来。

忙了一天，伤痕差点忘了收拾行李，几天前，伤痕受到邀请，去南海的一座小岛上见证一场魔术，明天正是启程的日子。Leo 是新近蹿红的魔术师，以表演各种形式的逃生和瞬移魔术为主，是备受瞩目的新人魔术师。伤痕这次正是受到他的盛情邀请，去参加他的表演。

事件

2008 年 7 月 7 日　H 岛

夏日傍晚的海风强劲而又黏稠，暑气还没有完全退下去。快艇发动机的轰鸣声撞击着伤痕的耳鼓膜，海水溅起的泡沫微微沾湿了他的脸。他有一双细长的眼睛，很有型的面孔。那是一张适合沉思的面孔，很难想象他总是挂着淡淡的微笑。

孤岛，对于推理小说来讲，是个美丽的词汇，它在逻辑上封闭了嫌疑人进出的可能,画定了凶手的范围,隔绝了警方——这个在推理小说中不受欢迎的群体——的调查,并将凶手的祭品圈在狭小的空间内。

"看起来……很荒凉。"

"这里曾经是监狱。"Leo 的私人助理小厉回答他。

小厉的原名是厉文宇,他二十七八岁的样子,据说因为对 Leo 的魔术表演极为崇拜,所以来到 Leo 身边做助理,打点 Leo 的生活起居。他瘦小而阴沉,一脸阴郁。

在伤痕眼中,逐渐变大的岛的轮廓昭示着不详。

这是个典型的热带小岛,岛上没有常住的居民,只有几座石头砌成的小屋,供偶尔路过、上岛休息的渔民使用。这里,可能是现实中能找到的、最接近"孤岛"这个概念的地方。岛上以沙石为主,只有很少的部分有土壤覆盖,因此植被很不丰富,偶尔能见到高大的棕榈和一蓬一蓬的带刺的野生芦荟。

"岛上有八座石头小屋,每座都装着两道坚固的铁栅门,那里曾经是关押犯人的牢房。由牢房改建的住处,很简陋,但是也很别致。"小厉的眼里依旧看不到感情的流露。

伤痕住的地方是一座大约二十平方米的石屋。这座石屋孤零零地伫立在沙地上,不远处还能看到类似的几座无规则零星地分布在周围。

屋子由在岛上开采出的岩石砌成。由于曾经作为牢房使用,又要抵御每年都会发生的台风甚至海啸,每块岩石都十分巨大,大约有四十厘米见方，所以墙壁也出奇地厚实牢固。

"这次 Leo 巡回演出得到了 V 集团老板的资助。V 集团的经营范围有房地产、药业、医院等多个领域，这次的表演有一部分要配合公司的宣传。H 岛即将被开发成主题旅游度假的基地，牢房作为一处有趣的景观将被好好保留。"

天色已经暗下来，整个岛似乎已经陷入一片深紫色的雾霭当中，从太阳刚刚落下的西面海岸线开始，直到穹顶，是一整片由红渐变为深蓝的奇妙的颜色，富有层次感的云的纹理点缀其间。

海风似乎不能撼动厚厚的积云，在不断的鼓动之下，云只是微微蠕动了几下。

夏日里不常见的凉意，笼罩了伤痕全身。

魔术表演的舞台，是一座五六米见方的大型石屋，在石屋外的四个墙角处插了四根火把。这座石屋的外观与伤痕住屋没有任何差别，都是由大块的石料与水泥砌成的，墙壁厚实牢固。火焰在海风的吹动下不停地抖动，伤痕打量着石屋："难道他真的要从如此牢不可破的石屋中表演逃脱吗？"

石屋外面站着几个人，小厉和伤痕快步走过去。

"对不起，我来迟了。"

"……"

"这位是著名的推理小说评论家、不可能犯罪专家伤痕，我想各位都听说过他的大名吧。"小厉这样介绍着，众人投来惊奇的目光。

"不可能犯罪专家，看上去也像正常人一样嘛。"Thomas.Lee笑嘻嘻地站起来，友好地向伤痕伸出右手。

他微微发福，专业领域是遗传学，他是J国克隆技术之父，曾经在几年前因为成功克隆了土佐犬而名声大噪，成为J国科技领域顶尖的精英。不过在此之后，渐渐传出他正在进行秘密实验的消息，虽然经过他多次辟谣和辩解，但这种行为依然无法被社会接受。现在他在某公司的资助下，独自建立了实验室，继续进行专业领域的研究。

另一位是魔术师界有名的评论家陈野光，他在网络上写评论用的名字叫"夜光"。

陈野光已经人到中年，却经常因为自己的口无遮拦而引起别人的反感。据说他年轻时的理想是成为一名成功的魔术师，并把这个理想作为毕生追求的信念，但是并未成功。最近几年，他慢慢走入幕后，成为魔术评论家和研究者，并为一些魔术师策划表演。

不知道是出于什么心态，他对于跟他年纪相仿的Leo充满敌意，经常在报纸上登载一些批评Leo的文章。或许这就是一个失败者对成功者的态度。虽然偶尔会忍不住跟陈野光争论起来，但大多时候，Leo对于刻薄的批评都一笑置之。

还有一位年轻的女孩，她疲惫地抬起头，嫣然一笑。

"居然是她！"伤痕有点吃惊，她是有名的歌手天晴。伤痕想到她曾经是Leo的绯闻女友，Leo曾经在她的演唱会上，作为嘉宾表演过几个很精巧的小魔术。不久，狗仔队爆出两个人牵手逛街的新闻。在男女主角几乎对传闻默认的时候，又一度传出两人关系紧张的消息。他们现在虽然坐在一起，但是看天晴的表情，却没有半点幸福或者兴奋，似乎证实了传闻。

伤痕向附近瞥了一眼，几位记者和两台正在工作的摄影机正在稍远的地方工作着，魔术就要开始了。

"在密室中完成瞬间消失……然后出现在远在几百千米外的F市。"这个宏大的设计的确让在场的人吓了一跳。

"所谓的瞬移……无非是利用双胞胎或者面容相似的人的小把戏。"陈野光似乎在这个问题上有特别的发言权，他设计的魔术不计其数，估计对"瞬移"理解深刻吧。

这时Leo出现了，他一身黑衣，身上披着黑色的斗篷，脸上用油彩装饰了几笔，平时扎成马尾的长发现在也披下来，凌乱地散开。这身装束绝不像魔术师，而是一个不折不扣的巫师。

"你们也许不相信有法术这回事，不过我会亲自在你们面前表演！"Leo站在石屋前高声说，"一个敢于将灵魂出卖给魔鬼的人，将是无所不能的！"

所有人都沉默了，静静等待所等待之事的发生。

Leo的眼中闪着奇异的光，他高声叫着："今天你们看见的，不是一场魔术，而是魔法！"他好像十分激动，脸上的肌肉也在轻轻抽动。

"他好像疯了。"天晴轻轻地说。

虽然他穿着怪异，语气也不太对劲，可是那确定是魔术师Leo

无疑，脸上青春痘留下的小疤痕，眼角的一颗痣，微笑时嘴角的弧度，这个人绝对是Leo本人。

"首先，请大家进入石屋，来检查是否有什么通向外界的机关。"Leo站在门框附近，脸上带着疯癫的笑容。

伤痕和陈野光进入石屋，这座石屋和他们所住的没什么两样，大约三十多平方米的屋子空荡荡的，没有任何家具，在门上和正对大门的墙上有两扇小窗，窗上装有栅栏。石屋是用一块块巨大的岩石砌成的，在屋里看更感觉阴森有压迫感。伤痕和陈野光检查了石屋的内壁、墙角，试着推动石块，十分钟以后，终于宣布，石屋内没有机关可以让他逃离这座石牢。

"现在魔术准备开始。"夏宣布。

夏是个高挑苗条的美女，在舞台上是Leo的助手，她拿出两把钥匙："这是这两道门的钥匙，这里的两道防盗门分别来自不同的经销商，锁的类型也大相径庭，这是他们的保证书，分别承诺，用于本次活动的门质量可靠，而且——重要的是，一扇门他们只留了一把钥匙，其余的全部销毁了，"她略微一迟疑，说，"现在，观众中的两位，可以选择保存这两把绝无仅有的钥匙。"她凑近摄影机，给了钥匙一个特写。

她关上两道门，大门关上就会自动上锁，然后她用手中的钥匙打开两把锁，以证明她手中的两把就是对应大门的钥匙。

天晴踟蹰地向前迈了一步，似乎想要保存其中一把。

"恕我直言，在场的各位我都无法信任，特别是天晴小姐，"陈野光突然说，他嘲讽地看了看天晴，"所以，唯一的办法就是，我自己保存一把。"他抢先一步从夏手里接过了一把钥匙。

天晴一副受了伤害的表情，陈野光则是一脸不屑，Thomas.Lee笑嘻嘻地看着事情的发展。

"那么另一把给我好了。"伤痕说，表情很安静。魔术与不可能犯罪，在某种程度上有其相似之处，这种挑战伤痕不会错过。

"你们觉得我真会用密道或者撬锁这种东西吗？这是个有两扇窗户的通透房间，我允许任何人从两边的窗户监视我的一举一动，我会在众目睽睽之下消失，并在几百千米外的某处出现，这不是密道能够办到的。"

"那么你要怎么消失？"伤痕面无表情地问。

"呼唤魔鬼。"Leo带着诡谲的笑回答伤痕。

"魔鬼会怎么带你出去呢？"伤痕的脸上依然看不到表情。

"切割。"黑暗中，嘶哑的声音说出了两个字。

所有的人都毛骨悚然。

大家都看着密室上的两扇三十厘米见方的小窗，很明显，这样的大小容不下一个成年男子出入，哪怕像Leo一样纤细瘦削也没有可能。

"好了，请大家退到两米之外，魔术就要开始了。"

大家带着看魔术从来没有的紧张情绪略略退后，看着夏在屋子的中间用点燃的蜡烛摆成一个巨大的圆形。魔术师在石屋的门口，向大家鞠躬致意，然后走进石屋。第一扇门关上了，他在里面推了几下，证明门是真正锁住的，内侧的门亦然。

门上和正对门的墙上有两扇小窗，大家现在可以从这两扇窗观察他的一举一动。

他低着头念念有词，跨入了地上蜡烛摆成的大圈里，开始手舞足蹈地折腾。大家轮流通过门上和对面墙上的小窗观察了一会儿，觉得除了里面有个疯子，没有任何异样。

"魔术师都想完成一个宏大的魔术，就如同小说作家都在梦想自己的长篇巨著一样，这对他很重要。"伤痕喃喃地说，不知道是在安慰别人，还是安慰他自己。

伤痕回到住处，将魔术之屋画成简图。

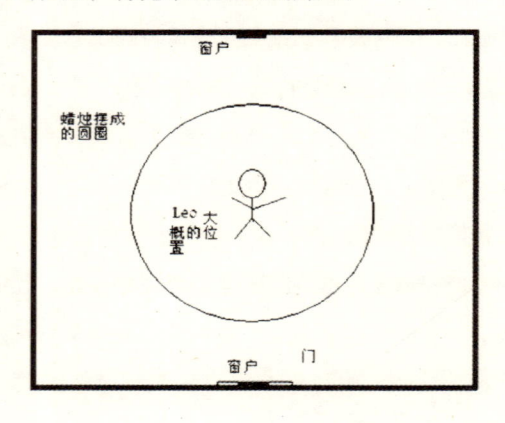

2008年7月8日　客厅

虽有风与海浪搅扰，伤痕这一夜睡得还是很安稳。他睡眠充足，感觉舒服，但仔细回味之后，察觉到似乎昨夜有几个让人隐隐不快的梦。

他晃晃脑袋，企图忘记。

早晨九点，Leo 的私人助理小厉打电话把伤痕叫醒，通知用餐。

客厅里，夏、天晴、陈野光、Thomas.Lee 和前来报道拍摄的几位记者都已经到了。

他面对火腿蛋、面包等西式早餐很有胃口，享受之余也不忘关心一下 Leo："话说 Leo 那边怎么样了？"

"我们几个人昨天轮流守夜了，"Thomas.Lee 笑嘻嘻地对伤痕说，"每人三个小时。我从 9 点到 12 点，陈野光从 12 点到 3 点，还有两个摄影记者从 3 点到 9 点。本想叫你，又觉得你肯定没有兴趣。"

"Leo 怎么样？"

"我们约定要盯得紧一点，你的钥匙有没有保存好？其实只要你不出现，他就完全没有从门那里出去的可能，我们主要是防范他耍别的花招。"

伤痕苦笑了一下，不过是一场魔术，何须这么认真？

他低头啜了一口咖啡。

"今天，根据安排，大家可以自己决定是走还是留下，"夏突然开口，"可以在这里见证'神秘消失'，也可以到 F 市的大剧场见证他的瞬移。不过，遗憾的是，只能选择一样。"

"据说这边的情况在那边可以看到现场直播？"

"是这样的，在临界时刻前后 10 分钟，共 20 分钟的时间里，有这边小屋的现场直播。"夏说。

大家若有所思地沉默了。

昨天 Leo 的话还深深地刻在大家的心里，大家头脑中出现了一幅画面，一只魔鬼将 Leo 的身体切割成一块一块，然后从窗口带出去，最后拼接好重新出现在舞台上。大家都对脑子里出现的景象感到不寒而栗，特别是天晴，她的脸色不好，眼眶青青的，一脸愁容。

饭后，四个人经过商议，伤痕、陈野光决定去 F 市观看"出现"部分的表演，而笃信科学的 Thomas.Lee 和天晴则决定留下见证超自然的"消失"。

2008 年 7 月 8 日　F 市大剧院

"看来他们的宣传做得不错。"陈野光说。

剧院里观众爆满，在瞬移的噱头之下，观众的热情空前高涨，据说门票在几天前就被抢购一空。

"不知道他会以什么方式出现。"伤痕自言自语道。

"他当然不会告诉我们。根据萨夫顿三原则：第一，魔术师绝不能透露魔术的秘密；第二，魔术师不能两次在同一个观众面前表演同一个魔术；第三，魔术师不能提前告诉观众他要表演什么。"陈野光说，"魔术师的嘴必须紧紧闭上，再完美的魔术，如果被人知道了其中的秘密，魔术师的表演也会像跳梁小丑一样滑稽。魔术的秘密，对于魔术师，就像生命一样重要。"

19点40分，华丽的纸牌魔术将现场的气氛推向高潮，幕布拉开，出现了大屏幕，开始播放魔术的第一个部分——H岛部分——的录像，旨在向观众演示他们没有办法看到的部分。伤痕注意到，可能是Leo的授意，在表演的细节部分——石屋内壁、钥匙、防盗门经销商的承诺书——摄影师都给了特写镜头。

19点57分，屏幕上出现了现场直播的画面，一个镜头对准石屋的小窗，另一架摄像机在拍摄周围的情况，可以通过镜头看到对面窗口挤着两三个人，不过距离比较远，看不清是不是Thomas.Lee。Leo依旧端坐在石屋中间，低着头，不过能看出他正在嘟囔着什么。

19点58分，伤痕的手机突然响了，他接起来。

"我是Thomas.Lee。"彼端的声音响起。

"那边的情况怎么样？"在最紧张的时候，伤痕想不出要问别的东西。

"还算正常，我想第一时间知道你们那边的状况，所以我们保持接通状态，一直交流。看到我了没有？"

伤痕看到大屏幕上正出现Thomas.Lee挥手的画面。

"嗯，能看到，哈哈。你到窗口吧，仔细看他的表演。"

Thomas.Lee答应了一声，随即离开镜头，窗口出现了他的脸。

"好了，就要8点了，请大家一起跟我倒计时：10，9，8……"

镜头中的 Leo 站起身，他长发低垂，脸上涂着几块油彩，面容有点狰狞，他对着摄像机镜头向观众致意。

剧场里的观众鸦雀无声，静静地凝视屏幕，那边传来的倒计时声音很清楚："6，5，4……"气氛紧张得有些异样。

Leo 转身，朝西边鞠了一躬，突然从身上拿出一个小球，拉掉上面的拉环，扔在地上。

小球嘶嘶地喷出烟雾，瞬间充满了整个石屋，与此同时，还有一股液体从窗口喷溅出来，在场的几个人大惊失色，窗户附近的人四散逃开。

"不好了，有烟！"Thomas.Lee 的声音很慌张。

正在聚精会神看直播的观众也纷纷发出惊叹。

浓烟并没有持续不断地溢出，几秒钟后，烟雾散去，大家把视线又聚集回小屋的时候，魔术师已经不见了，就这样在众目睽睽之下消失。而刚刚喷出的液体，是鲜血！

在场的人和剧场里的观众，不禁发出尖叫。血从窗口一直漫延到石屋里面，在地上也有一大摊。

魔术师真的消失了，消失得无影无踪，只有刚刚喷出烟雾的小球，还孤零零地躺在血泊里。

摄影机和在场的人争着在窗口挤来挤去，被推搡到一边的人就又跑到那边的窗口张望。足足忙活了两三分钟，大家才真正让自己相信，就在浓烟出现的几秒钟内，魔术师真的离开了小屋。

虽然镜头晃动得厉害，但是可以清楚地看到，小屋变得空空荡荡，早已没有魔术师的影子。

"真的不见了，伤痕，真的不见了……有血啊……"电话的另一端传来了 Thomas.Lee 气喘吁吁的声音，他来到镜头前，对看直播的观众挥挥手。

"能看到我吗？"

"能的……"

"你确定他不见了？"

"两边的窗子我都看了，他确实不在了！"

两边的现场都处在非常混乱的环境中，剧场里人声更是鼎沸，有些人则提醒惊慌失措的人，这不过是一场魔术表演而已。

不过，无论是表演与否，他是怎样消失的……

门吗？不可能，内门的唯一一把钥匙还在自己口袋里；窗户……装着栅栏。

这时，伤痕注意到镜头中的夏，并不太慌张。

她在摄像机前很有风度地对观众说："各位观众请安静，现在我们的魔术舞台将转向 F 市的大剧院，请各位观众跟我一起倒计时。"

剧场里的观众发现是虚惊一场，都长吁了一口气。

"10，9，8……"大家都对魔术师的幽默和自己的失态感到好笑，兴致勃勃地倒计时。

舞台上的幕布缓缓拉开，观众早已在潜意识里准备好给魔术师精彩的表演报以热烈的掌声，没错，不但精彩，还有一个可爱的玩笑。

"……3，2，1！"大幕已经完全拉开，灯光打在舞台的中心，地台慢慢升起。

当大家看到舞台上的东西时，不禁惊呼。此起彼伏的尖叫声充满了整个剧院。

"怎么了？"电话还是接通状态，电话那边的 Thomas.Lee 仿佛听到了这边的骚动。

"……"

伤痕几乎被眼前的情景惊得说不出话来。

"他……Leo 死了……被肢解……"

慢慢升起的舞台上是鲜血和凌乱的尸块……

伤痕坐在第一排，他禁不住站起来。他能清清楚楚地看到 Leo 的面孔，如此近的距离，他将 Leo 脸上的每一条纹路都看得很清晰，伤痕凝望着尸体，感到身体强烈的不适，他站起身，想走上舞台确认，然而，他突然注意到，在尸体旁边，一颗正在嘶嘶作响的小球开始冒烟。

"有炸弹，快跑啊！"人群里有人大喊，先是看了 Leo 尸体的前排观众出现了骚动，紧接着是后排，他们虽然不太清楚发生了什么，可是看见别人惊慌失措的模样，也跟着混乱起来，大家推挤着离开座位，嘴里或者尖叫或者谩骂。

伤痕还是想冲上舞台，他身旁的陈野光拉住他往后排闪避。

"你不要命了？"陈野光冲他大喊着。

浓烟滚滚，观众已经跑了一大半，等伤痕被浓烟熏得发痛的眼睛勉强睁开，他就像身边的陈野光一样茫然——舞台上的尸体，不，是几块残尸，早已经不翼而飞。

"尸体……消失了。"

2008年7月10日　16时左右　N大推理研究社活动室

伤痕讲完这个案子，推理研究社的社员都噤声不语。

"你是说魔术师在大家的注视下走进石屋，24小时以后，他在石屋里突然消失，然后出现在几百千米以外的F市……而且已经成为尸体？"等待者似乎还是感到难以置信。

等待者的昵称是"等等"，是N大推理研究社的老资格社员，他头脑异常睿智，面孔也很英俊，有一张让人着迷的侧脸。

"就目前的情况来看，就是这样没错，"伤痕困惑地摇摇头，"现在，Leo的尸体不知去向，面对犯罪，我很久没有这么困扰过了。两个现场都留下了血迹，但是很难确定哪里是杀人的第一现场。或者……就像他自己说的，被魔鬼分割，才能走出石屋，但是拼接的时候出了差错，这是最好的理解。"

"从逻辑上来说，这个案子似乎有两个讲不通的地方：第一，他是怎样从石屋里出去的？第二，他是怎样在几分钟之内出现在舞台上，并化为被肢解的尸体的？"

"从岛上到F市大剧院，一般所需要的时间是多少？"门牙猫咪咪想了许久，迟疑地问。她是推研社核心成员中唯一的女生，很努力的新人。

"那是个距离大陆很近的小岛，F市是大陆离它最近的一个点，用快艇开足马力，差不多15到20分钟，具体怎样要看风向，而从码头到剧场，也要大概15分钟。加起来，最快也要半小时。"

"呃……如果有飞机的话，这个时间会不会还能缩短？"门牙猫咪咪轻声提出意见。

"这个很难讲，飞机的降落条件比较严格，说不定还会让时间拉长，"等等提出了反驳意见，"最好能到现场附近看看有没有合适降落的地点。"

"如果真是搭乘飞机，可能10分钟左右就能到达现场，"门牙猫咪咪说，"不过，他怎样消失就成了问题，他——不管用了什么方法逃出石屋，再搭乘飞机绝尘而去，难道现场的诸位记者和观众都没有发现？"

"这些都是后话了——他能到达F市剧院的逻辑基础是，他要离开石屋，否则一切假设都不成立，"等等说，"我觉得应该先解决逃离石屋的问题——他要么没有进去，要么进去以后又出来了，这个逻辑没有问题吧？"

"嗯，我确定进去的人是Leo没有错，我跟Leo见过不止一次，脸上的疤痕、皮肤的纹路、痣的位置，都一样，这个连最相像的双胞胎都没法做到。我们看到他走进石屋，然后关上门，这个是确定无疑的。"

"那就要考虑进去又出来的可能了？"等等说。

"那么……我最先想到的是可能有暗道……"门牙猫咪咪又说。

"暗道,这个问题非常困扰,我在石屋的内部检查得很仔细,我相信石屋内壁上如果有什么通向外界的地道暗门,是没有办法骗过我的眼睛的,而且还有陈野光——他是魔术设计师,应该精通各种密道,我们两个人合力找不到的密道,真的会存在吗?"伤痕微微笑着,语气却不轻松。

"除了暗道,还有两条出路——其实是三条——但其中的两个是等价的,"等等说,"两个窗户是等价的。先说门吧,他有从门口出去的可能吗?"

"如果能够信任锁具的经销商,那么门的可能也可以排除了,"伤痕抱歉地笑笑,"两扇门用的是完全不同的锁具类型,在 Leo 从石屋消失的时刻,内门的钥匙在我的钱包里,外门的钥匙在评论家陈野光那里保存着,我们都端坐在 F 市剧院的前排。"

"那……只有窗户了……"

"窗户大约三十厘米见方,即使没有栅栏也无法让成年男性通过——虽然 Leo 真是瘦得惊人。"

手机突然响了。

"是这样……好吧,我下午就赶过去。"

伤痕挂了电话,眉头紧锁:"H 岛上的魔术之屋昨晚被人炸毁了,现在无法确定那里是不是 Leo 遭到杀害的第一现场了,现场居然会被炸毁,真是……"他喘了一口气,说,"我要去警局。有线索我会通知你们的。"

"……"

2008年7月10日　F市

可能没有什么侦探遇见过这种案子。

因为这桩案子几乎没有任何线索，没有死者可以进行尸检，没有犯罪现场可以调查，凶嫌之一的厉文宇也失踪了。面对这种局面，任何人都会一筹莫展。

案情僵持了几十个小时，终于在7月10日有了戏剧性的转折。

Leo尸体的躯干部分是7月10日中午在F市沿海的荒凉海滩上发现的，似乎是遭到抛尸后，又被海浪卷回到岸上。尸体的头部与四肢均被截断，下落不明，算上出现在舞台上的头与一条手臂、一只脚，目前还有身躯、一条胳膊、一只脚没有踪影。

正在警方的侦查重点转至对厉文宇下落的搜查时，案情又发生了变化。

——厉文宇遭肢解的尸体被人发现了。

厉文宇的尸体是在下午4时左右被发现的，弃尸的地方同样是海岸附近，离Leo尸体的发现处约有二千米。尸体也同Leo尸体的躯干部分一样，浸泡在水里，尸体同样遭到分尸，右手手掌和左脚下落不明。

经过法医推断，两人皆为利器刺死，且死亡时间相差不远，最多不超过三个小时，但是由于海水浸泡的缘故，死亡的具体时间不能确定。法医认为，可以确定Leo的死亡时间是7月8日晚18时到24时之间，而厉文宇则为19时到22时之间。由于Leo尸体被发现时已经冲上海滩，他在水中的浸泡时间不得而知，因此死亡时间也不够精确。但是通过他的尸体出现在舞台上的时间可以推定，他的死亡时间应该在7月8日晚20时左右。

最后一次见到小厉的人有可能是Leo，在Leo也同样遇害的情况下，伤痕、Thomas.Lee、天晴、陈野光，成为最后见到小厉还活着的人——说"见到"其实不太确切，因为他们是"听到"，小厉在7月8日上午9时左右，分别给几位客人打过电话，虽然几位客人与小厉交谈不多，但都认出了他的细而尖的嗓音。但是，从9点以后，到他被害前，小厉的行踪就无法确定了。

伤痕自己录完口供，开始翻阅其他当事人的证言。

"杀人，分尸，还放在海水里泡！人性啊，素质啊！"伤痕不愉快地想象着。

事发时在F市的关系人有伤痕、陈野光。在厉文宇的死亡时间范围内，伤痕和陈野光的不在现场证明都比较完备：

17时30分，两人约好在酒店大堂见面，一起乘出租车到剧院附近的特色料理店吃晚餐。

18时35分，两人用餐完毕，步行15分钟到达剧院，根据剧团的安排在最前排就座。

19时整，表演开始之后，除了陈野光去过一次洗手间、伤痕出去买了两听可乐，两个人一直在一起。

19时50分，伤痕接到Thomas.Lee的电话，并一直保持连通状态至20时10分。

20时10分，舞台上出现Leo的部分尸体，两人马上决定由陈野光回到岛上确认石屋是否是杀人现场，伤痕则留在F市寻找失踪尸体。但是陈野光尚未启程，警方便赶到，陈野光、伤痕作为证人在警局作笔录至当晚23时40分。

7月9日白天，伤痕继续在F市配合警方搜索Leo的尸体。

7月9日晚，伤痕搭乘火车回到N市。

根据事发时在岛上的Thomas.Lee和天晴的证词：

18时40分，天晴、Thomas.Lee、夏和记者们在魔术之屋集合。

19时50分，Thomas.Lee拨通伤痕的电话。

直至20时，Leo表演瞬移魔术的时候，两个人都能确定彼此没有离开过对方的视线，这点由现场录像的一些片段可以证实。

20时整，Leo表演的魔术使在场的观众和记者受到了不同程度的惊吓，Thomas.Lee在两个窗口处仔细观察，认定Leo已经在众目睽睽之下完成瞬移，并将现场情况在电话中传达给伤痕。

20时15分，在确定现场直播已经掐断之后，在场的工作人员向大家宣布，刚刚出现的血迹只是魔术的设计内容，让大家不必惊慌，并感谢大家的配合。

20时30分，大家离开现场，记者和Thomas.Lee约定21时在客厅集合，继续打牌。

21时10分，大家陆续来到客厅，突然有人接到电话，得知了Leo的死讯，大家惊慌失措。

21时30分，Thomas.Lee在电话中将Leo遇难的消息告诉天晴，天晴悲伤过度，Thomas.Lee和几名记者前往天晴的房间安慰她。

22时20分，天晴在大家的安慰下服下安眠药睡着，Thomas.Lee和记者离开天晴的房间，回到客厅继续讨论。其间若干人离开客厅，但都在十分钟左右回到客厅。

23时10分，大家听到巨大的爆炸声，发现魔术之屋已经被炸毁。

23时40分，工作人员告知警察当晚不会上岛，让大家晚上休息的时候一定锁好房门，并转达了警方"不希望任何人随意离岛"的通知。

7月9日凌晨1时20分左右，大家都感到疲惫了，各自回房间睡觉。

8时20分，陈野光与警方上岛，大家陆续提供证词。

归纳一下，在小厉的死亡时间范围内，Thomas.Lee 和天晴虽然都没有完备的不在现场证明，但是都由于交通原因无法离岛，也就无法到 F 市犯案。

而包括夏在内的剧团其他成员的证词，虽然价值不大，但基本能够证明 Thomas.Lee 和天晴证词的真实性。不过，有一点倒是引起了伤痕的特别注意：剧团人员纷纷表示，他们对 Leo 的瞬移魔术的原理一无所知，瞬移魔法的秘密，知情人只有 Leo 和他的助手小厉两个人。

也难怪，魔术的秘密就像魔术师的生命一样宝贵。

"要保持魔术的神秘性，就要在任何情况下都不能说出魔术的秘密，因为在观众眼里，有秘密的魔术师就像法师一样神奇，而知道了魔术的真相，魔术师就会像跳梁小丑一样可笑。"这是陈野光对伤痕说的。

知情者只有两个人，而这两个人却又都死于非命。伤痕叹了一口气，这桩案件有太多的疑点：瞬移魔法之谜、Leo 消失之谜、小厉为何遇害、Leo 又为何会被分尸，这一系列的谜团像贪婪的蚕大口嚼食桑叶一样，吞噬着伤痕清醒的头脑。

三个解答

伤痕找到了一台电脑，他需要一些资料以证实自己的想法。他习惯性地登陆自己的邮箱，有新邮件——第一封是来自门牙猫咪咪的。

亲爱的伤痕学长：

不知你现在的情况如何，真是辛苦了！

你离开学校以后，我和阿范、等等又继续对"瞬移案"进行讨论，我们分别对本案提出了新的看法，以下是我对本案案情的总结和我的一些关于真相的推论，请学长指正。由于案件复杂，我剥离掉与案情无关的细枝末节，先将案件做抽象的分析。

首先，魔术师Leo邀请几位有公众影响力的客人，以及几位记者到他魔术表演的第一个舞台——H岛，见证他进入密室。在他开始表演之前，学长不但仔细检查了密室的内侧墙壁，而且亲自保存了两把钥匙其中的一把。之后，学长和几位嘉宾目睹了Leo进入密室，并把门锁好。而且学长确认看到的这个走进密室的人就是魔术师Leo。此后的一整夜，陈野光、Thomas.Lee和几位记者轮流"监视"密室中的Leo，根据他们的证词，Leo没有异常举动。

7月8日，学长和陈野光在F市大剧院观看表演，但出现在舞台上的不是魔术师Leo——而是Leo的残尸。

整起案子的关键在于，Leo是怎样突然消失，又出现在F市的舞台上的。为此，我查阅了Leo巡回公演的一些资料，找出了一些共同之处。首先，他每次表演魔术的第一舞台不尽相同（4月26日的S市公演，5月29日的T市公演，本次使用的是 H 岛的石屋），但都有厚实的墙壁、牢固的密室，最重要的是，这些密室都有窗户。至于这个三十厘米见方、无法让一个成年男子出入的窗户在本案中派了什么用场，我在后面会有详述。

在逻辑上，既然发现 Leo 的时候，他身在密室之外，那么这个魔术不外乎两种可能：第一种是，Leo 没有进入密室；第二种是，Leo 进入密室后又走出了密室。在这样的前提之下，我将对 Leo 密室魔术的可能性进行一一排除，而剩下的情况，就是本案的唯一解答。

首先，学长肯定地认为进入密室之人就是你在两个月前见过的魔术师 Leo，所以逻辑上的第一种可能就可以排除掉了。剩下的问题是，如果进入密室的人确实是 Leo，那么他是怎样从密室中逃脱的？

我觉得途径不外乎三种，门与窗，以及我们目前还未知的途径，简单地说就是密道。学长曾经仔细检查过石屋的内壁，完全没有发现修筑密道的可能，而身为魔术设计者的陈野光，也对此没有异议，因此暂不考虑使用密道的可能性。至于大门——如果经营防盗设备的公司可以信任，而其中一扇门的钥匙也没有离开过学长身边的话，那么从门离开也完全没有可能。

最后的途径就只剩窗户，可是 Leo 怎样才能通过三十厘米见方的窗户离开密室呢？

经过长时间的思考我终于得到了答案！

瑜伽！

我知道，人在练了很久的瑜伽之后，他们的关节就会发生变化，他们靠肌肉的力量压缩骨骼的间距，必要的时候可以通过比身体小很多的空隙！

Leo是表演逃生的魔术师，他很可能为了表演魔术而进行艰苦的瑜伽训练。我在网上又搜索到了一些信息，Leo在17岁那年就凭借华丽的表演技巧和扎实的基本功成名了。在他20岁那年，他却借口身体原因而隐退。在销声匿迹五年之后，他又在今年一月宣布复出。一月的表演大获成功，其中最受好评的，就是这个瞬移魔术。结合我前面的推论，我有理由相信，在隐退的五年里，他为了创造出更完美的魔术而苦练瑜伽，终于在五年以后学成，并创造了这个惊世骇俗的魔术。

他在烟雾的掩护之下拆下窗棂，收缩身体，爬出窗户，再装上窗棂，然后避开外面的围观者。如果他真的能出得来，那么易容混入人群是不错的选择，脱掉显眼的魔术师的行头，混在人群里，因为现场混乱，基本上不会被认出。

用了这种方法，Leo就完成在众目睽睽之下消失的魔术了。

嗯，那么我们现在就有一种解答了：Leo事先准备好了一身不显眼的便装，等时间一到就扔出烟雾弹，然后迅速脱掉斗篷，卸下窗棂，收缩身体，从窗户钻出密室，装上窗棂，溜到人群中，然后趁乱找到藏好的微型飞机——很可能是直升机，离开小岛，在路上换好衣服，降落在F市剧院附近，然后被埋伏好的凶手谋杀、肢解，这些十几分钟内就可能做到。

出现在舞台上的只有手臂、一只脚，还有人头，这些部分是相对好切割的，用斧子砍的话不用几下就能搞定，应该能在短时间内进行操作。

这种解答虽然脆弱，但是这是我对于此案能够想到的唯一解答，也是将种种逻辑上的不可能排除以后剩下的唯一解答，我将我的分析思路发给学长，希望这个解答能为学长的破案提供帮助。另外，对于Leo要进行瞬移魔术所需要的种种条件，也需要劳烦学长去现场查证。

门牙猫咪咪　即日

"嗯，是逻辑排除的方法啊。"伤痕看毕，微微一笑。有一定的启发。

下一封是署名"等待者"的邮件。"这些家伙，要用这件案子打擂台吗？"伤痕打开邮件。

伤痕：

　　恕不客套，关于一直困扰你的这件案子，我已经有了解答。如果我没有计算错误，这次我斗胆要抢在你之前破案了，哈哈。小猫的分析我已经看了，她的解答虽然能够在她自己的逻辑体系下自圆其说，但是明显破绽太多。首先，在一阵烟雾之下从窗户溜出去，并且躲过摄像机的拍摄和观众的眼睛混入人群，这不过是理想化的动画和漫画里的镜头，恐怕小猫不太了解在真实环境下，想做到这一点只能凭借侥幸，他能在十场演出中毫无破绽地表演，必然会使用更加稳妥的办法。

其次，直升机起飞降落的声音都不小，利用这种交通工具也极易被识破，我在网上搜了一下，他从一月份开始的几次公演，都没有人爆出看到有直升机停在剧场附近的传闻。

总而言之，放烟雾弹、变装、逃离密室、偷跑至藏飞机的地方、开飞机至F市剧院、被杀、分尸，这个过程怎么看也不像是十几分钟能进行完的。所以，我认为此案应该存在其他的可能性。

小猫在一个问题上命中了要害，正像她的推论中所提到的那样，当密道、大门的可能性被排除，就只有窗户是唯一的通道，要离开房间，窗户是必经之路。根据小猫的猜测，Leo是为了魔术而练习了缩骨术，从而能通过仅仅三十厘米见方的窗孔。不过，我在网上搜索了很多缩骨术表演的视频，据我的观察，进行缩骨表演的时候，表演者要不断地向不同的骨骼和关节施压，从而使身体一部分一部分地通过狭小的区域，这是个缓慢的通过过程，无论如何也会有一分钟的时间，而绝不是区区几秒就能够完成的，他需要更多的时间。

然后，他要找到藏匿飞机的地方，离开小岛。可是H岛太小了，直升机带起的巨大气流和轰鸣声怎么才能不让人注意到？只能等待，他要等待人们散去才能行动，这个又把小猫解答中的矛盾指向了时间。

继续还原案情，我发现时间矛盾无处不在，直升机无论如何也不可能大大咧咧地在市中心降落，而一定是降落在隐蔽的近郊，如此，赶到F市的大剧院又需要时间，而谋杀与分尸，也绝对不可能在短短一两分钟内搞定——我可没见过这么有效率的凶手。

好吧，我承认，我的突破点就是时间。如果小猫得到她的结论是使用了逻辑排除法，那么我的结论就是通过归纳法得出的。

总结以上的矛盾，Leo的瞬移魔术，就是偷取时间。

偷取所有在场者的时间，进行了一次完美而华丽的表演。

当你们踏上H岛的那一刹那，事实上已经完全听凭Leo的摆布，成为见证他伟大魔术的傀儡。因为，你们的时间是由这个人控制的。

在你们夜宿岛上时，手机和手表都被他们在暗中调整了。你们睡的石屋，Leo等人应该会保留备份的钥匙，在你们沉睡之际，有人偷偷潜入你们的房间，拨快房间里的时钟及你们的手机和手表。这样，在这个与大陆相隔的小岛上，你们就过着提前一个小时的生活，哈哈，这样一切都解释得通了。

当岛上的人以为20时已经到来，实际上F市的人还在被眼花缭乱的纸牌魔术吸引，而到了真正的20时，F市剧院中人们所看的"现场直播"实际上只是录像。利用这个时间差，Leo有充裕的时间从岛上赶到F市，当然，也给凶手提供了充分的机会谋害他，并把他的部分尸体悄悄安放在地下舞台上。

华丽的瞬移魔术，就这样完美地完成。至此，我对Leo的敬佩已经达到了一个难以置信的高度，把你们诱上孤岛，改变一个封闭空间的时间，利用偷时间的办法完成魔术。

但是，我们要解决的问题不止一个魔术，有人利用Leo这个伟大的瞬移魔术杀了他，据我推断，很有可能就是Thomas.Lee。

因为我的解答中，只存在一个矛盾，就是Thomas.Lee的电话，这也是Leo精妙诡计的一环，他利用电话制造了奇妙的现场感，他在电话彼端不时向你汇报他的所见："Leo消失了……"

我不得不说，你被这惟妙惟肖的"现场直播"彻底地骗了，如果我没有猜错，这时他刚刚处理好Leo的尸体，正用沾满血迹的手给你打这个现场电话——他应该就在能看到录像的地方，他可能就在你的附近，窥测你的一举一动，抓住机会，配合他在录像中出现的影像，跟你演了一场完全模拟现场的好戏。

不可能犯罪的大师，反而给他精密设计的诡计做了证人，是莫大的讽刺吧？伤痕，恰恰是Thomas.Lee给了你过多的现场感，才使你对本案的真相无法一窥究竟。

至于Thomas.Lee的动机为何，为什么用分尸的手段，小厉又是为何遇害，这些细节可以由你去解决，我只负责给出一个思路。

等待者

伤痕轻轻地笑出声来，阿等能在细节的推演上达到难以置信的细致与缜密，却在一个很显然的地方犯了一个很小白的错误，除了他还有谁能做得出？

"阿等，很精彩的推理，不过还要加油。"伤痕自言自语道。

伤痕继续看邮件。

不出所料，第三封邮件来自阿范。

团长：

仙福永享，寿与天齐！

刚刚看过了他们的解答，就在下看来，等待者的解答就是小猫解释的进化版——小猫的解答,在时间上过于局促,而等等的解释,则很好地解决了时间问题。一个小时的时间,可以让一个魔术师闲庭信步、游刃有余地完成他的表演,但纵观等等的解答,还有一个地方存疑。

小猫与等等的解释,都在一个前提之下,即Leo在消失的五年里进行了严格的瑜伽锻炼,能够完成高难度的缩骨表演,从小小的窗户中钻出去,而且他们认定Leo所谓的"身体原因"不过是退隐修炼的一个借口,但是,我经过多方的查证得知,有一种传言,声称Leo家有遗传病史,而Leo也确实患有重度的肝病,如果这种传言可信,我怎么也不能想象Leo在身体极度虚弱的情况下去练什么要担负一定危险的缩骨功。

身体疾病,这是第一个原因。

第二,魔术师不是玩杂耍的,他这项职业的奥义在于欺骗人的眼睛。拼命收缩身体,挤出一个小孔,这种表演,带着畸形猎奇的色彩,实在是只有在畸形人展览才会出现的东西。身为一个成功的魔术师,他的表演应该是游刃有余、挥洒自如,而不是像狗一样在洞里钻来钻去。一个伟大的魔术师能想出来的把戏,应该远高于这种档次。

第三,是Thomas.Lee的电话,他布置心理陷阱的能力再强,我也不认为跟学长通电话时,他的一举一动能做到跟电视上的直播一致,而且,他也不可能猜到学长会跟他讲什么，这种把戏，只有动画、漫画才有，不可能用在现实生活中。

第四，表演者要不断地向不同的骨骼和关节施压，从而使身体一部分一部分地通过狭小的区域，而不是一下使身上的全部骨骼变小，然后迅速通过窗口。这个缓慢的通过过程，无论如何也需要三四分钟的时间，而绝不是区区几秒就能够完成的，这段时间不是一颗效果微弱的烟雾弹能够给得了的。

基于以上的几个理由，我能断定他的逃脱手段不是从窗口爬出。

一个神经质、完美主义者不会使用这么不具有美感的方式，所以，看到小猫和等等的解答，我的唯一想法是另觅其他的途径。

你肯定已经看了小猫和等等的解答，他们已经清楚地论证了，理论上只有从窗口离开一条途径。但真的只有窗户吗？我要向他们指出他们逻辑的不严密之处。

还有一种可能是：Leo破墙而出！

破墙而出，学长一定以为我在开玩笑吧，请看看我怎样完善自己的解释。

先审视小猫与等等的解答吧。

无疑，小猫的解答是最为天真的，她对这个案子中的每一个人充满了信任，这很好、很和谐、很温暖，但也是最笨的方式。作为一个推理爱好者，应该时时刻刻抱有必要的警觉和怀疑。等学长也没有辜负他头脑灵活、思维缜密的名声，他的解答比小猫更进一步，出于对时间的敏感，他怀疑到了 Thomas.Lee 参与共谋，但是他的解答却还不足够说明所有问题，矛盾依然存在，所以，我有理由做更加大胆的假设——

所谓的现场直播，是一整场串谋的表演，Thomas.Lee 是，天晴是，在场的记者、摄像，统统都参与了这场阴谋，先不论他们帮助 Leo 完成魔术的动机是什么，他们必定有什么动机，因为这就是唯一的真相。

一旦有全岛共谋的前提，一切矛盾就迎刃而解了。

首先，Leo 和他的同伙把一切设计得天衣无缝，双保险门锁、无密道的密室、窄小而无法通过的小窗，这一切都是为了让学长和同为魔术师的陈野光替他们提供一份有力的证词——Leo 完全处在一个密室中。

那么他是怎样逃脱密室的呢？很简单，走出来的。

这个看似牢不可破的密室，在你们离岛的一刹那，就相当于不存在了。

这个诡计的核心部分就是，魔术之屋根本不是在午夜时分炸毁的，只要你们一离岛，大家就一拥而上，齐心协力将石屋破坏，Leo 就大方地从石屋中走出来。这就是所谓的逃脱之术了，但是这一切还没有完，单单讲到这里，没有办法解释现场直播中魔术师的神秘消失。

剩下部分更为精彩，Leo乘船离开，岛上众人在20时左右在现场直播的过程中，演了一场好戏，他们找了一座一模一样的石屋（为了魔术表演而修建两座一样的石屋，应该不成问题吧）——当然，夜色中估计你们也分辨不清周围的环境（这也是魔术表演要安排在晚上的一个原因），而这座石屋，也布置得跟Leo进入的魔术之屋一样。进入这个屋子的人并不是Leo，而是一个跟他身材类似的人，他穿上与Leo一模一样的衣服，脸上涂抹油彩，又戴上与Leo一样的能遮住大半张脸的假发，在夜色中就与真正的Leo酷肖，他进入石屋——石屋虽然外观与原来那座没什么区别，但是在现场直播过程中，会有人配合他从石屋中逃脱——仅仅是逃出镜头的范围就可以，他可以推门逃出屋子，躲在人群中，也可以从假屋的密道溜走——这样就可以制造出无穷种可能性。

而表演的另一段，则由Leo来完成，他只需要掐准时机，出现在舞台上即可，这真要佩服Leo的超人的想象力啊。

最后的一个演出，就是全岛的人集体作证，一口咬定岛上的石屋在午夜时分被炸毁。

这个诡计之所以巧妙，是由于石屋的墙壁十分厚重（你曾经提过是由四十厘米见方的石块砌成的，所以至少有四十厘米厚吧），所以没有人考虑到打破墙壁走出去的可能，这可能也是固有思维的盲点吧。

我的这种解答，虽然可能像是胡思乱想，但在此理论下却能够解释本案的一切，因此我认为我给出的解答已经命中了此案的核心。

嘻嘻，我猜学长看到我的解答一定蛮激动的，现在我就不打扰学长查案了，不过看在我认真帮学长解答本案的面子上，学长在今年的最佳新人评选中可不要忘记我哦。

范

看完学弟学妹的解答，伤痕不禁莞尔，认真、执着，他们会是不错的新人。可以看到他们的不断进步，可是……这三种解答的任意一种，都不可能是解释全部的解答。

不过，很有启发，伤痕觉得自己的一点点想法渐渐拼凑出来，他回忆起以前看小说时的感觉，阅读那些站在峰顶的推理作品，当得知真相的那一刻，他的头脑就像浸入林中湖泊：冰凉清澈，视线前所未有地清晰，但世界又在飘荡。

伤痕有一种预感，越是华丽的案件，其解答越可能明确而简单，就像这桩案子，答案似乎就在眼前，但是却抓不住。想不出，但并不觉得痛苦，而是享受暂时不能把握真相的片刻。

"费解的案子啊！"一个熟悉的声音在伤痕耳边响起。

"哈，是雷探长。"

"愁容满面真是不适合你这小子啊。"

"你不是在负责连环杀手的案子吗，怎么会在这里？"

"……"雷探长露出了难以理解的复杂表情。

伤痕感到宛如雷击一般，"难道……"他想到了 Leo 尸体呈现的状态：分尸，部分肢体和器官的缺少。

"难道警方怀疑本案与上次的连环凶杀案有关？"伤痕惊讶极了，"我怎么没想到呢？"伤痕用手拍了拍额头。

"是啊，不过这个目前也只是猜测，因为这桩案件虽然与连环杀人案有很多相似之处，不过也有很多不相符的特点，比如作案的时间，其他的作案时间都是深夜，这桩是 20 时，但能够确定的是，包括 Leo 在内的受害人遭到杀害的第一现场，都不是残尸的遗尸地点。石屋被炸毁以后，还原现场差不多不可能了。"

"凶手——姑且认为炸毁石屋的人是凶手，他炸毁石屋可能是想消灭一些留在现场的证据？"伤痕说。

"我们也是这么认为的，不过有一点可以确定，警方在清理现场时发现，石屋地下确实没有通向外界的密道，"雷警官停了一下，又说，"那座石屋真是牢固，水泥和岩石搭建的，墙壁也很厚实，不知道破坏这样的石屋要使用多少炸药——嗯，或者炸药的来源也能够成为一个追查的线索。"

伤痕若有所思地点了点头，他紧紧盯着绘制在笔记本上的简图，刚刚与雷警官的对话不断在脑中播放。

伤痕在案件结束以后，第一次陷入了苦思。

伤痕觉得破案的过程很像数学建模，一旦建立起来，经过必要的运算，结果就一目了然，没有其他可能，答案就是唯一的，但是建立数学模型的过程，确实让人挠头。要正确地排除无关影响，理清各个变量之间的关系，恰到好处地套用公式，避开红鲱鱼，这可不轻松。

伤痕尝试用自己常用的手段让自己进入状态。

不可能犯罪都是最富有逻辑的，工整得像数学程式一样。

能够使用不可能犯罪手段的犯人都是极其冷静、思维缜密的，他会使用最短路径，完成最复杂的杀人，"理性"是这类犯人的主要特征，所谓的"理性"，就是"事出有因"，犯人的每个行为，都存在必然的理由。

这些必然就是解开不可能犯罪的钥匙。

"首先，凶手为什么要利用'瞬移魔术'的过程进行杀人？"

"答案可能很多：比如，凶手可以利用魔术脱罪；或者，利用 Leo 出现在舞台上造成混乱；或者，在魔术过程中，凶手才有机会接近 Leo。"

"凶手为什么要进行分尸？"

"分尸经常是为了分散体积和重量，让尸体便于携带，也可能跟连续分尸的杀人事件有关，比如模仿杀人，希望警方怀疑连环杀手。"

"那厉文宇为什么被杀呢？"

……

伤痕经常锻炼大脑用两个角色思考，自问自答，在一问一答的过程中，会对案情产生新的灵感。

伤痕觉得自己的大脑简直停不下来了,像解决过的一个又一个数学难题一样,这桩手段残忍、血腥、凶手无比狡猾的命案,快要解决了。

分尸、舞台上消失的尸体、找不到的残肢、墙壁厚重的石屋、三十厘米见方的窗口、消失的魔术师……这些东西无疑给出了充分的解题元素,现在的问题,是如何把这些因子抽象成这起罪案的"模型"……

现场为何被炸毁、石屋稳固厚实的结构、Leo 的瞬移魔法之谜……这些都直指一个问题……

将案子重新整理,伤痕突然发现了画图上的明显错误。

又审视了一遍案情,原来自己把图画错了!

"原来这里才是本案的关键,"伤痕兴奋地想,他动手在简图上涂改着,"这样,这就是结果吧。"

他改动着简图上的某处,结果一目了然。

伤痕又微笑了。

案子解开了。

"雷警官,请您召集本次事件的相关人士,Leo 的瞬移魔法之谜已经解开了。"

★挑战读者★

推理小说一直都是骑士游戏,我追随柯南·道尔、埃勒里·奎因、岛田庄司的步伐，斗胆向各位读者发出挑战。为了表示我希望读者能够在侦探之前解决谜团的诚意，我在前文已经给出了足够的线索，本作不含叙述性诡计、不存在超自然的解释，本作的"挑战读者"部分，也不是为了误导而设，请开动您智慧的大脑，给出一个最合理的解答。

出于公平性的考虑，大家可以自动排除以下几种可能性：

1. 不存在全岛的串谋。
2. 进入密室大门的确是 Leo 本人。
3. Leo 并无双胞胎、三胞胎或者多胞胎兄弟。

那么，请您回答下面的问题：

1. Leo 是怎样完成由 H 岛的密室到 F 市的瞬移的？
2. 在本案的众多嫌疑人中，只有一个人有作案的可能。请问，凶手是谁？

作者　敬上

真相

晚上，人终于到齐。

房间里的气氛有点复杂，大家各怀心事又故作轻松。Thomas. Lee 旁若无人地点了一支烟，闷着头一通猛吸，空气不好，但也没人提醒他，他就一支一支地抽下去，整个屋子都被烟雾笼罩了；天晴依旧是一脸疲劳，她一直拿着手机发短信，可能是想缓解紧张；魔术评论家陈野光则拿出一根细绳，很快地打上一连串很复杂的结，随即又解开，手指极其灵活。

两位警员不耐烦地坐着，他们低声交谈，排解烦恼。

"不好意思，这次请大家来，是想解决著名魔术师 Leo 的瞬移魔术谋杀案。"

所有人静下来，眼光在伤痕的脸上集中，一言不发，静静等待着伤痕的解答。

"此案有两个关键问题需要解决。首先，要还原 Leo 被杀的现场，就要破解他的瞬移魔术。根据 Leo 剧团的人供述，对这个魔术的原理，Leo 一直是保密的，知情人只有 Leo 和他的助手小厉。所以一旦这两个人都被杀，这个魔术的原理就变得无从下手。本案也就随之变成了悬案。

"其实，这个魔术简单至极，而又精巧之至。我要承认的是，破解这个魔术凭借的是一点运气和灵感。魔术一旦被人看破，这起残忍的杀人事件也就随之告破。我很遗憾地宣布，能够犯下这桩罪行的人，只有在 Leo 进入魔术之屋当晚，在岛上的诸位了。

"第二，谁有机会杀人——也就是谁具备杀人的客观条件。在法医鉴定的过程中，小厉的死亡时间范围是 7 月 8 日的 19 时至 22 时之间。所以我翻过了各位的证词以后，一个非常奇怪的现象发生了，陈野光、Thomas.Lee、天晴、夏，你们在小厉的死亡时间范围内都拥有很完美的不在场证明,也就是说在逻辑上,只有你们能犯下这桩案子,但是同样的逻辑又能替你们洗脱嫌疑。

"这个案子有很多匪夷所思的地方,大家可以看看我手里的这张表,这是我整理的对此案的几个疑问:

1. 凶手的动机是什么?
2. 凶手为什么要利用魔术杀人?
3. 小厉为什么会被杀?
4. 魔术的机关是什么?
5. 凶手为什么会知道魔术的核心诡计?
6. 两个死者为什么会被分尸?
7. Leo是怎样在石屋中消失的?
8. Leo的尸体是怎样在舞台上消失的?
9. 凶手为什么需要让Leo的尸体在舞台上消失?
10. 为什么事件的所有关系人都有不在场证明?
11. Leo的魔术为什么会选择在孤岛?
12. 凶手为什么要让Leo的尸块部分出现在舞台上?
13. Leo的尸体还有一部分没有找到,那些残肢去了哪里?
14. 凶手为什么要带走那部分残肢?

"其实,要破解Leo之死的秘密,要从小厉遇害说起,他是

Leo 的助手，他的遇害是整个罪案很关键的一环。"

伤痕环视四周。

"先来介绍一下我所掌握的小厉在 7 月 7 日到 7 月 8 日的行动。7 月 7 日，带我来到餐厅，随即跟随 Leo 去准备魔术，晚上的魔术没有露面。

"7 月 8 日，打行动电话叫各位起床吃饭，此后再也没有他的消息。实际上，小厉的行踪一直就非常飘忽，我们暂且假设，这位除了 Leo 以外唯一对魔术的核心诡计知情的人，为了表演的需要，离开了小岛，前往——比如说，F 市，帮 Leo 准备魔术。

"从 7 月 8 日开始，小厉的行踪对于警方来说，完全是空白。

"现在我想请问大家一个问题，你们有谁能告诉我，小厉在 7 月 8 日晚 19 时至 22 时的具体行踪？"

大家一怔，然后不约而同地摇头。

"嗯，当然，你们当然不可能知道他当时在什么地方。因为作为一个魔术的知情人，他当时的行动其实是魔术秘密的一部分，是需要保密的，所以矛盾就出现了，如果是外人作案，不确定小厉的位置，又怎么能杀害他呢？只有得知魔术内情的人才知道小厉在案发时的具体位置，也才具备犯案的可能。

"大家的不在现场证明已经由警方查证核实无误。如果是这样，本案的所有关系人物就都有了完美的不在现场证明，因而不具备杀害小厉的可能性——除了一个人。

"既知道魔术的秘密，又不会被警方调查不在场证明的人——

Leo 本人。"

"Leo……可是他……我们亲眼看到……"

"人的眼睛有时候会欺骗自己，特别是我们不能够忽略的一个问题，那就是，Leo 他是一个魔术师。他是以欺骗他人的眼睛为职业的人。别相信你所看见的，面对一个魔术师，这是你首先要做到的。

"回忆一下当时剧场的情况，大家被岛上魔术师的突然消失吓了一跳，在主持人的暗示下平复心情，齐声数着倒计时，现场的灯光昏暗，舞台慢慢上升，Leo 的残尸慢慢升起来——面对突然出现的尸体，大家早已经惊恐万状，场面顿时失去控制，但是，以我和陈野光的距离，还是可以确认那个满脸是血的人头的确是 Leo，而这个程度的露面，正是凶手想要达到的效果。当我们想上舞台去确认时，却发现正有一个烟雾弹在嘶嘶冒烟——观众们还以为是炸弹，纷纷忙着往外逃，场面越来越混乱，等到烟雾散去，Leo 的尸体已经不翼而飞。凶手为什么要让 Leo 的尸体出现在大庭广众之下呢？又为什么要让尸体消失？这个问题并没有困扰我太久——因为凶手有理由让大家以为 Leo 已经死了，但是又不能让人靠近检查，因为这个'死亡'经不起任何检验。

"有人趁乱跑上舞台，带走了 Leo 的残尸，这是大多数人的第一反应，也是 Leo 经过精心安排想让人看到的一幕。

"那个头的确是 Leo，但是，问题是——Leo 当时真的死了吗？根据种种线索表明，Leo 当时必然还活着。他将道具人偶的手脚涂上血，并且自己躲在空的舞台之中，只露出头部，装出已经死亡的样子。当烟雾弹开始作用，正是他自己而非别人，趁着混乱，收走了这些'尸块'，并迅速离开现场。他有一个重要的任务需要完成——杀掉小厉。

"基于某种理由，当然，我们一会儿还要说明。我能够确定小厉当时还在岛上。Leo 趁着夜色潜入岛上，找到小厉，并用某种借口说服他跟自己前往 F 市，之后，在 F 市杀了小厉，并且弃尸。

"不过这一切还没有结束——因为还有另一具尸体，虽然残缺不全，但是仍然被警方认定，那确实是 Leo 的尸体无疑。所谓'螳螂捕蝉，黄雀在后'，Leo 在作案之后，又被另一人所杀，并且为了混淆作案时间，Leo 被切去了部分肢体后浸泡在海水中——凶手不希望 Leo 的真实死亡时间被发现，因此取走的部分包括了胃部，因为很容易使用消化程度的方法来精确地确定死亡时间。因此，Leo 的死亡时间范围被大大拉长了，所以在 Leo 验尸报告出炉以后，回想 Leo 的尸体出现在舞台上的那一幕，不会有人认为那时他还活着。让'先死'的 Leo 杀了'后死'的小厉，这就是凶手想要达到的目的。

"在凶手的布置之下，两具尸体的陈尸现场相距不远，手法相似，这让人很容易感觉两桩命案为同一人所为，这样利用 Leo 的死亡时间差，为自己制造了小厉这桩命案的不在场证明，同样能使人以为自己与 Leo 的命案无关，这个正是凶手高明的地方。

"好了，之所以集合 A：{能够杀 Leo 的人}，与集合 B：{能够杀小厉的人），没有交集，是由于在凶手的设计之下，Leo 受利用，替自己犯下小厉的命案。奸诈、阴险、极端的智慧和残忍，也许我们可以这样形容这个凶手。

"不过问题又出现了，为什么小厉会惹上杀身之祸呢？在这里我要进行大胆的假设，是由于小厉是魔术原理的知情人。现在，我想给大家看看我可爱的学弟学妹，对 Leo 瞬移魔术原理的猜测。"

在伤痕的示意下，几位警察把打印好的三份解答分发给大家。

大家好奇地翻阅着。

"大家觉得如何？无稽之谈对吧？我要承认，我的这几位社员的想象力有点过分地丰富了，但是他们的解答对于真相的揭示却很有启发。对这三个解答的分析，可以帮助我们更好地了解本案，而某几个解答中，也给出了本案的关键线索。

"首先看小猫的解答，她的解答思路是使用排除法，她认为，在逻辑上，存在两种可能性，即 Leo 从一开始就没有进入密室，和 Leo 曾经进入过密室以后又出来了。根据我们的证言，进入密室的的确是 Leo 本人，因此，在 Leo 进入密室再出来的这种情况中，她又排除了暗道和大门，剩下的就只有窗户，所以小猫推断 Leo 的关节异常，可以通过比自己身体小的地方。

"结论：Leo 在烟雾中偷偷从窗口钻出，随即乘飞机赶往 F 市。

"接下来的解答是等待者，他成功地找到了小猫解答中最大的问题，就是时间，他认为，岛上与世隔绝的环境条件，方便策划者偷偷地修改时间，岛上的观众实际上是在 19 点目睹了 Leo 的消失，而 F 市剧院的观众们 20 点看到的 Leo 消失，实际上是一小时前的录像。这个解答虽然看似合理很多，但实际上却不可能是真相。首先，修改客人房间里的闹钟，并且修改客人手机上的时间，最好的时机在 7 月 7 日晚上，但是谁要留在岛上，谁要前往 F 市，是第二天决定的，全部修改必然会出现破绽。这个小证据推翻了等待者的解答。

"阿范给了大家第三种可能，全岛的串谋。他敏感地注意到魔术之屋受到了破坏，由这个线索进行了进一步的推断，他认为，石屋被破坏并不是在 7 月 8 日晚，而是在 7 月 8 日白天，在我和陈野光离岛之后，全岛的人集体串谋，把石屋炸开，放出了 Leo，然后找了一个与 Leo 身形相近的人化装成 Leo 的样子，进入到另一个一模一样的石屋，而真正的 Leo 已经前往 F 市。石屋之所以建造得厚重牢靠，就是给人一种'不会被打破'的印象，从而忽略掉这种可能。

"这三重解答依次递进。无疑，阿范给出的解答很富有想象力而且华丽，但是条件却非常苛刻，全岛串谋，他可以说赞助 Leo 魔术的 V 公司资助了 Thomas.Lee 的实验室，或者是天晴的演艺公司隶属于 V 公司，但是我非常好奇，如果我选择留下，他们要怎样说服我陪他们表演这场魔术？"

"哈哈，我要以科学家的诚实向大家保证，我可没有帮他们做伪证啊！" Thomas.Lee 看看天晴，天晴一脸的憔悴，"我能连天晴小姐也一起保证，在岛上，我们大部分的时间都在一起。"

伤痕笑笑说："警方已经调查清楚各位的证词，认为大家的确对 Leo 的魔术不知情，也没有一起参与串谋。我们现在必须要从'串谋以外'的角度，来解决这个问题了。

"给我启发找到合理解答的是阿范，他的解答注意到了石屋被破坏这个我一直忽略的环节。纵观整个案件，本案是凶手经过了精心策划的产物，瞬间消失、瞬间移动、自由被相对限制的小岛、召唤魔鬼的预言，还有大家奇迹般地全都有完备的不在场证明，因此，仔细分析犯罪者进行每一步行动的心理，是一窥案件真相的关键。在一连串理性的行为之间，有个小事件显得非常突兀，这就是在 7 月 8 日晚上，H 岛上的魔术之屋被人炸毁。

"阿范对石屋为何被损坏的解答虽然没有命中事件的关键，却把我的思考方向引向石屋本身，以此作为入手点，我们可以得到两个事实：首先，魔术之屋本身应该有揭开本次事件的钥匙，凶手无法湮灭魔术之屋中带有的犯罪证据，因此不得不对魔术之屋进行破坏；第二，在 7 月 8 日晚，魔术之屋爆炸的时候，凶手应该在岛上。

"但是，我在岛上见证了整个魔术，有一个事实是不容忽视的，在我们离岛当天，所有在岛上的观众都有机会选择是留在岛上，还是去 F 市剧院观看后续的魔术表演。Leo 的魔术，必然是一种'无论大家怎样选择，他的魔术都一定能够成功完成的魔术手法'。因此，等等和阿范的解答就可以被排除了。

"在 Leo 进入魔术之屋之前，我与陈野光曾经仔细检查了屋内的墙壁和地板，穷尽了所有可能制造暗道的手段，都没有找到暗门密道的入口，那么魔术之屋还有什么秘密呢？无法出入的门、装有栅栏的窗户、毫无破绽的天花板，把这些一一排除掉，他还能从什么地方离开呢？"

伤痕拿起一张纸："请大家看一下，这是我在岛上时绘制的'魔术之屋'的平面图，请大家看看，可以说，这个图上的一点小错误造成了 Leo '瞬移魔术'的不可解。"

大家都好奇地围上来仔细看图。

"我记得魔术之屋就是这样的，差不多是方形，门窗的位置也没有问题，"天晴轻轻地说，"错在哪里呢？"

"我也觉得没有问题……"Thomas.Lee 慢吞吞地说，"嗯……难道……"

Thomas.Lee 突然大惊失色："的确。我从来没有想到过是那里！"

"大家知道，魔术之屋大约是边长五六米的正方形，请大家看看这个吧，Leo 的瞬移魔术之中的秘密，其实只用一个字就可以解释，那就是'墙'。就比例尺来说，如果是边长二三十米的话，墙的四十多厘米的厚度当然可以不计，但是对于边长五六米的正方形来说，厚度为四十厘米的墙是根本不能忽略的，在这张图里，我清楚地标示出了墙的厚度。而在以前的那张图上，我忽视了墙的厚度，所以注定无法破解。"

伤痕微笑着，从桌上拿起另一张绘好图的纸。

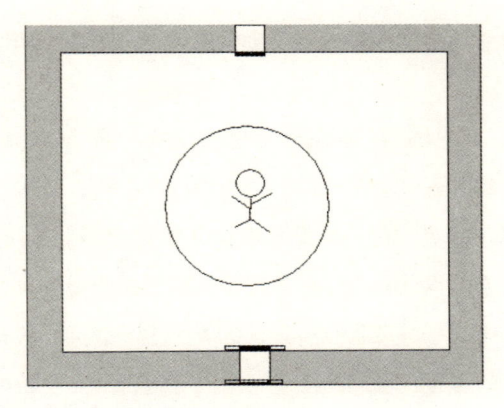

"墙在魔术中,起到了双重作用。

"刚刚大家可能还记得,小猫将所有可能性分成了两种:一是Leo从一开始就没有进入密室,二是Leo进入密室后又出来了。而利用墙壁,出现了第三种可能:Leo既进入了密室,又没有进入密室。"

在场的听众一脸困惑。

"因为在墙内有夹层!

"这栋石屋是被改造过的,在门的两侧分别凿开了一个暗室,我们暂时称为暗室A和暗室B,暗室的入口用涂了水泥的木板遮蔽。这是一个很巧妙的心理陷阱。Leo曾经让我们进入室内检查有无密道,我们受到思维定式的影响,认为如果有密道,入口一定是在石屋的内部,而另一端在石屋的外部,完全忽略了'墙'可以通行的可能。当然,我们在仔细检查了石屋的内壁和外壁以后,完全没有发现破绽。限于墙壁的厚度,夹层可能是三十厘米左右的空隙，这个厚度虽然不大，但是完全可以容下一个瘦小如 Leo 的成年男子进入。

"让我产生对墙的怀疑的是墙壁的厚度和两层门的结构，这座石屋在搭建的时候是直接从岛上的小山取用石材，每块石材都切割成四十厘米左右见方的，因此，墙壁天然就有四十多厘米的厚度。在这里，魔术的设计者巧妙地运用着他所擅长的心理盲点——不是由于建造石屋的材料是天然石材，也不是为了抵抗海啸和大风而需要特别牢固的房屋，墙的厚度是魔术能够进行的必要条件，而岛上特有的环境——比如石牢，等等，为厚墙的石屋的存在提供了合理的环境。换句话说，如果在舞台上布置了墙壁厚度达四十厘米的小屋，估计这个伎俩将被观众一眼识破，而在遥远的海岛上，所有的建筑都是由厚厚的石墙砌成，所以没有人怀疑厚墙是魔术的关键要素，这就像隐藏一片树叶最好的地方就是森林。Leo 选择孤岛作为他魔术表演的舞台，又有瞬间在几百千米间移动的噱头，恐怕也是不得已而为之吧。

"当时的情况是这样的，Leo 进入石屋，关外面的第一道门，这样，我们的视线就会在很短的时间内受到门的阻隔。在这一瞬间，Leo 没有进入石屋内部，而是迅速进入门一侧墙壁的夹层中，暂且称作夹层 A。而在大门另一侧的墙壁夹层 B 中，事先已经躲好了一个身材、体型、打扮跟 Leo 一样的人，在 Leo 藏入夹层 A 的瞬间，他从夹层 B 中迅速走出来，进入密室，并关上内侧大门。我们看到他走进密室，自然会认为那个人就是魔术师 Leo，谁都没有想到，Leo 只是通过了第一道门，却没有通过第二道门。这样，Leo 就完成了他'既进入密室，又没有进入密室'的惊天诡计。

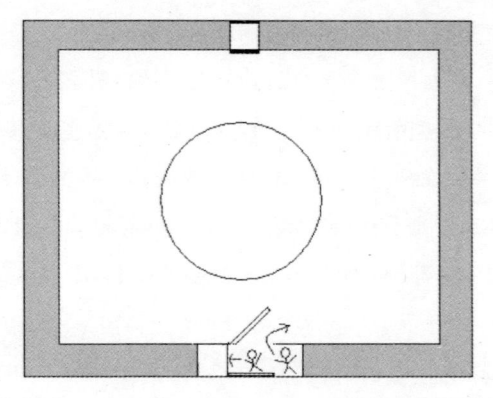

"大家确认进入密室的人是 Leo，可是从未怀疑过密室里的那个人不是他。而真正的 Leo，正站在窄小的墙中夹层里。

"让我参透魔术奥秘的另一点是，我对石屋有两道门的原因产生了怀疑，这两道门的作用与石墙一样，存在的理由在表面上冠冕堂皇。首先，它为 Leo 逃生的不可能性提高了系数，即所谓的'双保险'，使大家在心理上排除他从大门离开的可能；第二，如果有两扇门存在，两把钥匙分别由不同的人保管，让人感觉即使有一个保管钥匙的人是同谋，也无法实现密室逃生，而两个人都是同谋的可能性又比较小，Leo 利用两扇门大做文章，其实是明白地向人们展示：'我没有作弊。'

"两扇门的另一个功能就是，形成另一个密室，当 Leo 进入夹层时，实际上产生了两个密室，Leo 的替身身处魔术之屋里，他面对的是两扇紧锁的门，而 Leo 则在另一个密室当中，他在两扇紧锁的门之间。所以，根本无需两个保管钥匙的人同时合谋，只要有外侧钥匙就能将魔术师放出密室。

"只有一个人能够帮 Leo 逃出密室，他掌握着外侧大门的钥匙，也是杀害 Leo 的凶手——陈野光。是你在监视时打开了外侧的大门，让魔术师 Leo 重获自由！所以我说，魔术的诡计一旦破解，凶手必然唯一。凶手利用魔术犯下了不可能犯罪，但也受到魔术原理的局限，凶手——陈野光，不但要杀死 Leo，还要杀死无辜的小厉！"

大家的目光纷纷投向陈野光。

他的脸上隐隐地出现一丝慌乱，但还是在努力维持着表情平静。

"我会帮助他逃离密室？无稽之谈！"陈野光的满不在乎似乎有点勉强。他半身后仰，脸孔隐没在阴影中，让人无法辨认他的表情。

伤痕清了清嗓子，完全无视陈野光的抗议，莫名其妙地进入了一个新的话题。

"我喜爱推理小说的原因之一，是由于推理小说中的诡计，时常带有至繁或者至简的极端色彩。这两种形式的诡计，无一不展示着美丽的人类智慧，前者的代表如列车时刻表，或者复杂的机械密室——虽然这种类型的诡计通常并不受欢迎，而且经常把人搞得头昏脑胀，但是一旦有耐心读懂这个诡计，读者无不叹服于作者缜密的头脑。但是更加令人赏心悦目的诡计无疑是用简单的方式来解决复杂的谜团。在这类小说中,作案的方式和线索,常常指向一个方向,这个关键点,却也是人们思维的盲点。我之所以提到谜团的简繁,是因为这个案件也是出于同样的原理。在看似复杂的案情背后,真相是最简单、清楚的。

"魔术也是一样,如果说魔术与犯罪有什么相似之处的话,那就是心理的欺骗,在这一点上,同样作为魔术师的陈野光应该运用自如吧。魔术师所做的事情,就是用一只手吸引所有观众的注意力,然后用另一只手偷偷制造诡计。其实推理小说中的不可能犯罪也是相同的原理。

"在前面的讨论中,我们解决了'魔术师怎样逃离密室',在这个诡计中,简单的真相可以用'墙'来概括。而表演的第一个高潮,'魔术师替身怎样从密室中消失'同样巧妙地利用了墙壁。"

伤痕顿了一下,脸上兀自绽开一丝微笑,似乎真相令人快乐。

"大家可以回忆一下我们看到的 Leo 消失的瞬间,他突然扔下准备好的烟雾弹,弥漫的烟雾包围了石屋,烟雾在持续了十几秒以后慢慢散去,而石屋中的'Leo'不翼而飞,然后,记者和在场的客人急忙凑近窗子向屋内窥探,确认 Leo 已经消失。"

"我当时就在现场,"Thomas.Lee 急急忙忙地插嘴,"为了保险,我在两扇窗子之间跑了好几个来回,他确实已经离开,我也没有看到密道口打开或者暗门什么的。"

"根据小猫使用的排除法,门与暗道均被排除,而窗棂经过警方的调查,是牢牢砌在水泥中的,因此,从窗户离开的把戏也完全行不通。至此,'Leo'离开石屋的全部可能都被排除了。"

"全部?可是我们明明看到他消失了啊!"天晴有些怯懦地说。

"没错,你们看到他消失了。当你已经做到了挑战一个魔术师的第一个原则'别相信你所看见的'时还不够,你还需要更高级的方式:别相信你所相信的。想当然地推断永远不会带你靠近真相,他就是这样利用了人的心理盲点,因为大多数人不会注意到消失≠离开,从某种意义上说,号称'魔鬼会带我走'的'Leo'并没有离开,而是进入了'魔鬼的领域'。"

"魔鬼的领域?"大家哗然,面露惊恐之色。

"的确如此,其实,每个房间都可能是魔鬼的住处,存在着我们从来没有发现的'魔鬼的领域'。一般来说,如果一间屋子有两扇相对的窗户,大家就会认为这间屋子在视觉上是通透的,在一般情况下也的确如此。"伤痕拿出另一张图。

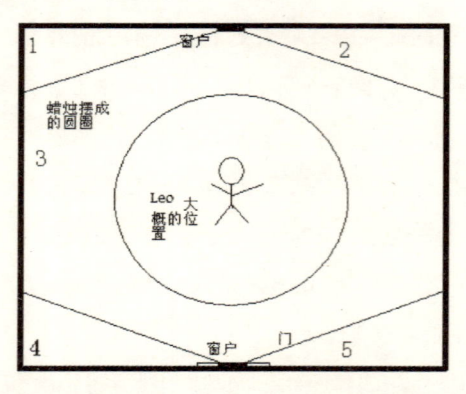

"这是没有考虑墙壁因素的情况:在其中一侧的窗口可以看到

的范围是区域1、2、3，而在图上部的窗口，能够看到的范围是3、4、5。因此，两侧观察者的视野相加，能够覆盖整个石屋内部。也就是说，一边窗户看不到的地方，绕到另一边就完全可以看得清楚，在这种情况下，石屋内部没有任何视线的死角。

"然而，Leo表演现场的石屋墙壁，是由四十厘米见方的石块砌成的，具有不能忽略的厚度，而墙壁的厚度，就是产生'魔鬼领域'的原因。

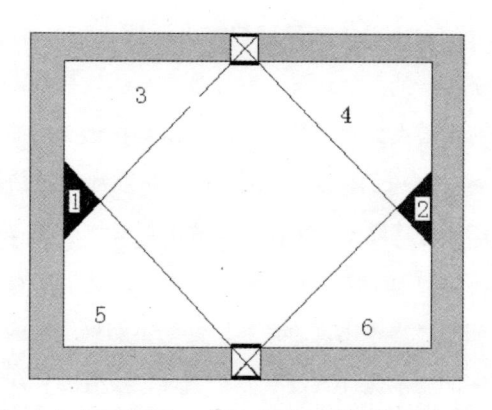

"请大家对比这两张图，在忽略墙壁厚度的情况下，窗户两侧的观察者可以将石屋内的所有情况一览无余。但当我们考虑了墙壁厚度这个因素之后，整个石屋的状况就会发生颠覆。或者说产生了想都没有想过的视觉死角。

"大家看看这第二张图，由于墙壁阻挡了部分视线，一侧的观察者的视觉存在1+5+6+2这个范围的死角。但这一侧的观察者会自觉地认为另一侧的观察领域覆盖了自己视觉的死角。同样地，另一侧的观察者虽然明白自己的视线死角范围是 1+3+4+2，而他同样也会认为这部分死角可以通过绕到对面的窗口观察而消除。但其实，由于墙壁和房间长度的原因，整个房间即使从两侧进行观察，都依然神奇地产生了一部分死角，就是两侧窗口观察者视线死角的交集，即 1+2。这个部分从窗外无法观测到，像是凭空从石屋内被魔鬼偷走的空间，是人类视觉与心理的双重盲点。

"至此，'Leo'消失之谜的真相就显而易见了。当现场被烟雾弹的浓烟所笼罩时，他无须像僵尸爬出棺材一样奋力地夺门而逃，也没必要像个可怜的杂技演员一样扭曲自己的软骨从窗户口费力地挤出去。他所需要做的事情非常简单，就是在烟雾的掩护下，堂而皇之地走进那'魔鬼的领域'。他就这样站在那里，却不可能有人发现，他只需要等待魔术结束以后被放出石屋。

"所以，两扇门的把戏还有第三个用途，就是把人们隔绝在密室之外，表演的过程中出现了命案，如果不能将好奇的观众挡在密室之外，密室的魔术诡计就没有办法实现，所有的观众都可以选择留在岛上或者到 F 市去观看表演。但是，外扇门钥匙的持有者，也就是陈野光，他绝对不会在岛上，这就保证了'神奇的消失'之后，没有观众能够打开门一看究竟。

"在 7 月 8 日夜晚，我与陈野光目睹了 Leo 的尸体出现在舞台上，随即又消失。在这种诡异的状况下，我们临时决定，两人分别从两个方向调查此案，陈野光要求去岛上检查石屋，而我则留在 F 市对 Leo 消失的残肢进行搜索。于是，我将石屋内侧门的钥匙交予陈野光，我想，虽然因为警察赶到，要求我们在场的有关人员留下做笔录，陈野光没有去成，但是他一定将钥匙交给了躲在剧院中的 Leo。

"当时我们在警局录口供，所以完全没有被人怀疑，而那个时候的'死者'魔术师 Leo，则按照他和陈野光之间的约定，趁着夜色潜入岛上。他打开两道门，要求他的助手和替身——小厉跟他一起离开。之后，后者在毫无防备的情况下在 F 市的海滩上被他勒毙。

"但是，Leo 本人的命运并不比小厉强到哪里去，7 月 9 日 0 时前后，陈野光录完证词，两人在海滩碰面，他的生命也随之走到了尽头。"

陈野光眼神空洞，脸色苍白，嘴角轻微地颤抖着。他的表情似乎在宣布，他已经放弃了抵抗。

"凶手已经非常明了，然而本案还存在很多疑点：譬如，Leo 的尸体为何会被肢解？当然，其中的一个原因是手臂和一只脚方便趁着烟雾收好离开舞台，造成尸块被人取走的假象，并造成恐怖血腥的效果，方便在混乱中逃脱。我们的 15 个问题还有很多没有完全解决，比如 Leo 的残肢为什么没有找到？这个问题的答案，直指本案的动机——这个，比我更了解情况的人应该是雷警官。

"提到动机，要从 6 月底说起。那时，雷警官参与调查的一桩案子陷入了胶着的状态，我很荣幸能够帮他解决一点小问题。这桩案子是一场连环凶杀案的其中一件，是我所见过的最为古怪的系列凶杀：作案时间没有任何周期，作案地点分散在四五个城市，受害者除了都比较年轻以外，没有明显的共同特征。犯案手段非常残忍，所有受害者均被分尸，而且部分身体被取走丢弃。本来，我无论如何也没办法将这两个案子联系在一起，但是 Leo 尸体被发现时的状态，让两个案件似乎出现了联系。

"当我对两桩案件的关系产生怀疑的时候，我的学弟学妹在对本案的解答中，提到了两者联系的关键线索。在小猫的解答中，提到了 Leo 公演的时间和地点：4 月 26 日的 S 市公演，5 月 29 日的 T 市公演。而我在时间中发现了惊人的巧合，因为在 4 月 25 日、5 月 28 日，分别在 S 市和 T 市发生了连环杀人事件，从表面上看可能只是巧合，但是进一步调查就会发现，连环杀人案总是追随着 Leo 的公演。Leo 在 N 市公演当天，我就是因为被警局请去讨论这起杀人分尸案的案情，所以才没能观看 Leo 的公演，而 Leo 为了弥补这个遗憾，在 F 市的公演时邀请我去做见证，我才能够亲临此案，见证神秘的瞬移魔术。也正是因为如此，我才有机会站在这里，指出这两桩案件之间的联系，并且发掘它们的真相，或许一切都是冥冥中注定的。

"以此为线索仔细调查，雷警官发现，一共六起杀人分尸案的时间与地点都与 Leo 的公演时间地点一致——我想，这并不是巧合。"

"难道这个连环分尸案与剧团有关？" Thomas.Lee 一脸惊愕。

"两起案件的联系，这只是我的猜测，连续七次时间上的一致让我感觉这不是巧合，Leo 患有严重的肝病，一度离开舞台，但是突然身体几乎完全康复，他移植了肝脏，对不对？这次的移植手术，没有正式的医疗记录吧？"伤痕没有理会 Thomas.Lee 的诧异，而是转身面对陈野光，"Leo 犯了错误，他玷污了你的魔术，是不是？"

陈野光默默地低下头。他的手在阴影中微微发抖。

"你的心情，我能够理解。"

"不，你不理解！"陈野光的声音带着哽咽，似乎有什么在喉咙中奔腾欲出，"你说得没错，我就是这个瞬移魔术的设计者。"

他沉默了一会儿，又开始说，在这窒息闷热的夜晚，他的声音却带着冰一般的深寒。

"我与 Leo 相识是在一年前。当时，我在魔术的表演上出现了很大困难，魔术界对我的评价是：有魔术必要的智慧，然而却缺乏表演的天赋。我能设计出很多宏大、巧妙的诡计，但却无法在舞台上挥洒自如。只有少数观众和同行理解我的魔术技巧和玄妙的诡计，大多数人对我的魔术的评价是：平庸、无聊。其实正是这样，魔术有一半的感觉来自自信，带着魔法光环的魔术师，我的表演无人问津也很正常。后来，我的表演质量每况愈下，恶评也扑面而来，门票的销售越来越困难，庞大的演出成本也难以收回。正在我的经纪公司暗示要取消我的全国巡演时，我接到了 Leo 的电话。我听说过这个年轻而有才华的魔术师，他曾经是魔术界的新星，是众望所归的新人，但是他年纪轻轻就患有不治之症，早早地脱离了魔术界，曾经的光辉早已消失。我怀着尊敬和怜悯来到他的住处，那是幢旧公寓，家具也不及我想象的华丽。在那里，我见到了 Leo 这个脸色蜡黄、身体极为瘦小的年轻人，跟我在舞台上见到的魔术师 Leo 简直不像同一个人。

"那天是我魔术生涯的转折点，我跟 Leo 进行了一次长谈，虽然他的身体不济，但是那次的谈话进行得非常愉快，他能够理解我的魔术理念，也认同我的诡计，并称我为本世纪最伟大的魔术设计者。在最失败的时候，有人能够理解自己，这让我欣喜若狂，虽然他那时也只是一个重症缠身的曾经的魔术天才。

"我没有的特质，正是 Leo 所拥有的，我见过他在舞台上的风采，挥洒自如，犹如骄傲的王子。瞬间，我有了一个计划，我激动地告诉 Leo，我们合作，我来设计，而他则施展表演上的天赋。如果是理解我的魔术师来表演，我愿意在幕后接受观众的掌声，Leo 对我的建议也颇为认同。

"但是，唯一的困难在于 Leo 的身体，他患的是严重的肝病，时好时坏，唯一能够治愈的办法就是移植肝脏。然而肝脏的捐献者非常稀少，需求者却非常多，而且高昂的费用不是一个被经纪公司抛弃的魔术师能负担得起的。Leo 当时几乎已经丧失了生命的希望，只是一天一天在等死。

"在这种情况下，我并没有放弃，在那段日子里，我天天鼓励他，我对他发誓，我一定要设计出专为 Leo 打造的魔术，然后我们利用这个魔术赚钱，为他筹集手术的费用。经过了几个月痛苦的煎熬，可能是 Leo 真的受到上天的眷顾，我想到了我生平最伟大的一个魔术,就是大家看到的'瞬移魔术'。我们叫它——最后的瞬移魔法。

"这个魔术算是我送给有知遇之恩的 Leo 的礼物。Leo 瘦弱的身材是表演这个魔术的一个关键特质,这样他才能藏入狭小的墙缝,也方便他的替身能在视觉的盲点中巧妙地隐藏。这就是只有 Leo 才能表演的魔术。

"我们将我们的设计告知我的经纪公司,公司惊叹于这个魔术的巧妙,愿意为我们的魔术进行投资和宣传,我们则利用公司建设好的石屋进行练习,但不幸的是,Leo 的身体一直在恶化,我们甚至不确定 Leo 到原定次年春夏才开始的公演时是否还能站着出现在表演中。

"那阵子 Leo 的心情一直不好,我后来才知道他正在做痛苦的抉择。身体上的病痛和求生的本能让他无可避免地向罪恶靠拢。终于有一天,Leo 告诉我,想将公演的第一场提前,原因是他等待的移植器官有眉目了,他想先表演一场,为移植手术筹得一点费用,我和公司都觉得可以,所以我们进行了第一场公演,效果不用说,看看各大报纸对魔术的盛赞就知道了。恰恰因为对我们魔术的赞誉铺天盖地,才让我完全忽略了报纸上同时报道的残忍的杀人事件。

"那场表演一结束,Leo 就进入手术室进行移植手术,手术非常成功,Leo 的身体日益康复,只需要服用少量抗排异的药物。我们的表演似乎已经快要到大放异彩的时候了。

"我渐渐地注意到 Leo 的魔术与连环杀人案在时间和地域上的联系,是在我看到被害者的身体某些部分被取走的时候,我突然明白了 Leo 移植的肝脏是从何处得来的。可以说,他接受移植的肝脏是他亲手取得的——他利用我的魔术,为自己恶魔般的犯罪取得了牢固的不在场证明,如你们所见,Leo 在众人的证明下走入密室,又在有人看守的情况下度过一晚,他身在坚固的密室中,外面的案子看上去当然与他无关。其实他在进入密室不久,就被我放出来了。我甚至可以闭着眼睛想象出来,他是如何趁着夜色物色猎物,杀害了第一个受害者,取得他的肝脏,放入冰盒,并在几小时后移植在自己身上的。然而讽刺的是,由于我的魔术中特有的心理陷阱,所有人都认定,在石屋中的就是 Leo 本人,无论外面的世界有什么杀戮与犯罪,石屋都会使被关在里面的人保有清白。这个利用我的魔术进行的完全犯罪,就这样进行着。当然他并不笨,如果只取走肝脏,警察的调查思路可能会转向器官移植方面,从而使他背上嫌疑,因此他切掉部分无法用于移植的器官和肢体,伪装成变态杀人事件。

"Leo 休养了三个月,如期开始了巡回公演,可能是受到金钱的诱惑,Leo 继续利用魔术中的不在场证明进行杀人,取得器官,再卖给愿意买器官的黑医生。我不知道是不是他曾经的落魄让他产生了什么反社会的性格,但是,利用我的魔术进行残忍的犯罪,我绝不容忍!

"我原本想告发 Leo,但是这样,我就势必要透露我生平最伟大魔术的秘密，魔术的最大敌人就是秘密曝光，这意味着我最得意的魔术将成为一堆废物，这比要我的命还难受。

"终于，我决定要亲手制裁这个魔鬼，而且要利用我的魔术给自己充分的不在场证明，这叫以其人之道还治其人之身，如果不是他先利用我的魔术诡计，我也不会想到用自己的魔术手法杀人。

"由于小厉也是知情人，要除掉 Leo，他也是一个障碍，于是我先将 Leo 的秘密暗中告诉了小厉，他生性贪婪，果不出我所料，他开始威胁勒索 Leo。Leo 被逼得山穷水尽，就来找我商量，这正中我下怀，我向他提议，干脆除掉小厉，于是我跟 Leo 商量好怎样根据魔术的特点来完成这次的谋杀。Leo 没有发现，他正走入我设下的陷阱。

"剩下的你们都知道了，Leo 在我做笔录的时候杀了小厉，为我做了完美的不在场证明，而我在跟 Leo 碰面时杀了这个曾经如同亲兄弟，后来又变成了魔鬼的人。为了避免在尸检时查出他的肝脏移植过，我就肢解了他……"

"其实，一旦脑子里产生了罪恶的想法，离魔鬼不过是一步之遥，"伤痕轻轻地叹息，"Leo 是魔鬼，你呢？你没有制裁人的权力，至少小厉是无辜者。"

在一片唏嘘中，最后的瞬移魔法在悲哀的气氛中画下了句号。

"结束了。"伤痕说。

但是这还不是永远的结束，更不是罪恶的终结。

"至少今天有个安稳觉可睡了。"伤痕笑了笑。

日落瀛台

阿　元

一

这是光绪三十四年九月十四，又到了一日之末了。

黄昏下的皇城，巨大的箭楼在夕阳的余晖下泛出金色的光泽，与紫禁城内金色琉璃瓦铺就的宫殿屋顶交相辉映。高大逶迤的灰色城墙连到天边，落日正沿着城墙上层层叠叠的垛口缓缓西落。在高耸的城墙中，镶着一个巨大的弧形门洞，里面厚木朱漆的城门外包裹着两层铁皮，铁皮上缀满了黄色的铜钉，城门正被缓缓地关闭。

这就是大清帝国的皇城，那样庞大、沉重、坚实，牢不可破。

此时太阳已经完全下山了，夜幕正从东北方渐渐笼罩过来，忽然，箭楼上齐整地闪出了几十道黄色的高亮度直射亮光，把城墙及周边的街道照得通亮。这些光芒曾一度让周边的百姓惊讶无比，直到现在他们仍然觉得这些光亮是那样刺眼而不祥。

在灯光中，隐约看见城墙上的箭楼里面，有几个洞孔伸出了黑乎乎的大家伙，城垛之间人头晃动着，似乎有荷枪实弹的士兵走来走去。

这是戊申年的一个平凡的秋夜。和前些年一样，未到寒露，从蒙古高原南下的寒风已宛如笤帚一般，在皇城边扫起了漫天的尘沙。太阳才刚下山，街两边的商铺都迫于这肮脏的街道上扬起的尘土，不得不早早关门，装上了门板。这就使得原本就略嫌冷清的街道越发显得寂寥了，只看得见寥寥数个不得已出门的行人。就是这三两行人，也都压低了毡帽，把脖子缩在臃肿的棉袍马褂里，匆匆地小跑着穿过街头巷尾。

忽然街边有人发出惊呼声，一辆双轮骡车不知怎么惊了骡，狂乱的骡子掀起前腿暴跳如雷，在撞翻了街边的一个茶摊后，便径直向着城门冲了过去。掌辕的车夫拉扯不住，惊惶地叫喊着。对面的城门似乎早已注意到了这边，城楼上顿时响起了一阵混乱的吆喝声、叫骂声、喝止声。车夫拼命地扯拉着缰绳，可那畜牲丝毫不理会人类的警告，继续疯狂地向前奔跑着。

突然，墙上发出两声让人心惊的爆破声，刺穿云霄，惊起了箭楼上的一片飞鸟。

紧接着就看到那头狂奔的骡子一头栽倒在地上，车夫连人带车翻了出去。待尘埃落定，车夫才勉强起身，回头再看，那匹牲畜正躺在地上无力地喘着粗气，身上早开了两个洞，汩汩地流着鲜血，挣扎了几下就不动了。车夫猛地扑在骡子尸体上号啕大哭起来，随即城墙外巡街的衙役跑了过来，骂骂咧咧地架开车夫。城门上传来一阵嬉笑声。过了一阵来了一支马队，用绳索拖走了死骡和破碎的车棚。几个仆役模样的人提着木桶和水盆跑了过来，一阵冲洗后，已经无法看出不久之前刚发生的惊心动魄的那一幕了。

113

与此同时,在西长安街边上,紧贴着东交民巷,有一个上下三层的酒茶馆,雕梁画栋,颇显出些元明时期的江南古风,在这萧瑟一片的北方古都中,倒也显得别致出落。这酒茶馆就坐落在宣武门外、菜市口边上,里面八仙桌、隔间、雅座一应俱全,显然平日里熙来攘往的,人头极多,可今天不知怎地,一到黄昏,一楼、二楼已经没什么客人了,闲散人等早就回了家,或是去了戏庄,或是逛八大胡同去了。只在三楼的三间雅间内,还亮着些许灯光。

在这三间雅间的正中一间里,有四个人正围坐在一张八仙桌前,桌上放了些盖碗茶杯、尖嘴铜壶,还有些瓜果桃李什么的,基本都没有动过,显然是几个人刚吃完饭,却还有些雅兴,便叫些清茶来去去油腻。掌柜早就吩咐掌上几盏油灯,把不大的雅间照得灯火通明。

八仙桌的尽头,一个穿着灰色长袍、蓝色绸布对襟马褂的清瘦青年举着一张名为《天津青年》的报纸,用低沉而悠扬的声音缓缓念道:

"观今日之世界各国,无不重国民体质,凡西洋之诸国,无不派队参赛。我泱泱大清,何时能派一名选手参加奥运会?我大清何时能派一支队伍参加奥运会?我大清何时能举办奥运会?"

"奥?奥什么会?"一个尖细的声音粗鲁地插了进来,打断了悠扬的读报声,"难不成西洋也有团会?"

青年闻声抬起头,露出了一张瘦长的脸,两条细长的眉毛下面,一对月牙似的小眼睛,闪出睿智的光芒。

他抬头看了看对面那个打断他声音的人。那是个穿着紫红花团绸马褂的肥胖青年,这个原本正兴奋的肥胖青年,似乎从瘦脸青年的目光中感觉到了自己的无礼,赶紧低下了头。

清瘦的青年男子却抬起眉毛,笑了,眼睛眯成了一条线:"所谓的'奥运会',是西洋的赛会,据说是法兰西人创立的,邀请西洋世界各国参加。旨在借该会,比试各国民众身体强弱。日本国则称为'体育'赛会,这些赛会都是普通民众参加的。"

肥胖的青年一声不吭地闷着头,手里摆弄着一个小小的鼻烟壶。

边上一位儒生模样的年长男子赶紧上来解围道:"五爷好学识啊,自打日本国归来以后,不仅对西洋历法、军政了如指掌,对民风也是颇为关注啊。我等若不是有幸和五爷相识,怎能有此机会了解国外的大事。我看六爷也是天资聪颖,改明儿个,也跟五爷一起上东洋,下西洋,考察考察,你也就不用吃碰,来个自摸门儿清了。"

那个被称为"六爷"的肥胖青年听到这话,不由得"呵呵"乐了起来,眼睛眯成了一条线,眉目间和被称为"五爷"的清瘦青年倒颇有些相似之处。

"不过,这所谓的报纸上面,倒是什么都敢说上两句呵。"年长儒生顺口说道。

"岂止如此,五爷从日本国带回来的几份所谓'报纸',其中言

115

论，多有大逆不道言辞。倭人本就是狼子野心，是我大清仇敌，其言无耻，本无可所谓。但可恶国内之无知小民，纷纷效仿，这报纸竟妄称我大清：'贪赃虽官吏自为之，而实则国家有以逼成之也。国家以逼成之，则是国家不啻有以制造之矣。'你们听听，这都是什么屁话，贪官污吏乃朝廷律法漏网之鱼，哪有国家逼迫的道理。谁人不知，蠹虫不除，家国不宁。非国家不除，而是不能除尽。此等黄口小儿，全无头脑，信口胡言，危言耸听。"

另一个中年大胡子插话，言语中颇有些怒气。

"还不是洋毛子出的馊主意，东一个铁路，西一个报厂什么的，他们就是趁老佛爷身体贵恙，把我叔叔逼得晕头转向的，这满大街老百姓识字吗？我大清律，六品以上才能在京言事，你们说是不是？"胖六爷也颇为义愤填膺。

年长儒生连声说"是"，却也不忘提醒莫乱提"老佛爷"三个字，只说"西边的"就行。

中年大胡子听闻此言，无奈地摇了摇头，酸溜溜地说道："张兄弃官从贾多年，这行事风格也颇长了些市井之气。"

年长儒生听了也不生气，只是赔笑。

瘦脸青年闷头听了一会儿，适时打断道："我等不必为无知小民过激言论争执不休，太平盛世，也总有心怀不满之人，疏堵结合，此是各地衙门之事。

"只是现如今我大清内忧外患，革命党人在南方生事，如蝼蚁啃咬，虽已尽数扑灭，但危害巨大。我等奉旨留洋之前，曾遭革命党人刺杀，身受重伤。但感怀朝廷体恤，天子隆恩，我伤毕立即东行，飘洋过海。在东京之时，闻各股叛党在南洋、美洲等地，声势颇大。今春各地又有数起革命党执枪闹事，四月间在云南竟闹了一个足月。可这些大事朝廷却置若罔闻，仅当盗匪缉捕，乃忘同治年之巨患洪匪乎？

"庚子赔款，赔得国库里只剩下老鼠屎，现在，夷人索求无度，朝廷迫不得已连木兰围场都开了垦了。今年山西从英格兰人那里赎回矿权还要二百七十五万两银子，要不是晋商鼎力相助，国家哪掏得出这份银子？朝廷勋贵，王公大臣，大门不迈，二门不出，每天抽大烟，逛琉璃厂，泡八大胡同，只顾自己享乐，怎知天下之巨变？

"各地官吏，各扫门前雪，只顾互相排挤，升官发财，鱼肉百姓。每日邸抄上尽是些粉墨太平之文，这帮官吏，和宫里那些太监、朝廷里那些京官内外勾结，哄骗朝廷。

"今年，各地'君主立宪'请愿风起，朝廷却不知，仍在'预备'之中。我看，我大清就要在一轮又一轮的'预备'中亡了！如果大清亡了，这就是我等的罪过！"

众人皆知这瘦脸青年平日说话谨慎，非到关键时刻，绝对不会有此言论，看来的确是危难临头。众人之中，这位五爷威信最高，也是这位五爷力邀众人参加，连他都有此言论，众人一想到自己的前景，不禁神色黯淡。

"当年是我怕伤及老佛爷的颜面，才提出'预备'之策，可这三年一过，形势已完全不同。观当今天下，岂有不立宪而能存活之皇位？只有马上立宪才能救朝廷，救大清！

"今日之计，唯有我将功赎罪！只有把'上面'请出来重启立宪，才能力挽狂澜，所以我等近日之议，不是干或不干，而是干也得干，不干也得干。正值朝廷用人之际，诸位都是国家的栋梁之才，如此危急存亡之秋，恕我载泽无义，诸位今日是被我逼上了梁山。"

说着，瘦脸青年起身绕过八仙桌，当场跪了下来，就地拜了三拜。

"事成之后，我载泽当为诸位效犬马之劳。"

另外三人连忙起身相让，纷纷誓言效忠朝廷，但凭五爷吩咐，绝无二心。胖六爷更是感动得泪如泉涌。

就在此时，门外响起了两声剧烈的咳嗽声。四人连忙起身，各归各位，看报喝茶。听到有两人在门外低声说了两句，随即门被推开了。一个灰袍子马褂青年掀开门帘子冲了进来，连声道歉，背后有人快速带上了门。

众人也顾不得客气，赶紧请过来，让到角落，低声询问探听的结果。

灰袍子青年郑重其事地点了点头，说道："探到了，是汉八旗的新军！"

"新军！"众人心头一颤。

"是，调集了三万多人，听说还要成立禁卫军，正在加紧操练当中，这支部队，是由军机大臣载沣直接指挥的。"灰袍子青年认真说道。

"载沣？我五哥？"胖六爷一脸惊讶。

"是，是五哥，"灰袍子青年点头说道，"原先满八旗或裁撤，或编入宫廷侍卫，只在紫禁城内守护。"

"你别小看新军啊，新军是我大清陆军的精锐之师，他们手里的家伙可是好生了得啊……"年长的儒生补充道，"新军手里的枪械，都是我经办的，配的是从德国进口的毛瑟枪加刺刀和子弹包，一共三万多支；马克沁机关炮，二点二英寸口径、一点八五英寸口径的各四十挺；还有克虏伯大炮，三点四一英寸的三十多门，二点七五英寸的六十多门。弹药充足，军官都佩有西式指挥刀和左轮手枪……"

"您刚才说，英、英什么寸？"中年大胡子问道。

"是洋人英国府老毛子算长度的家伙，三英寸，得有这么宽吧，"胖六爷张开双手，比画了一下，继续说道，"克虏伯大炮这个东西我见过，炮弹得有碗口粗，差不多有半个人这么长吧。一炮下去，轰隆一声，一幢房子就没了。那响声十里地外都能听见，能给人耳朵震聋了。"

"这么厉害！"中年男子惊讶地看着胖六爷。

胖六爷看着中年男子惊讶的神色，得意了，继续说道："那可不，我阿玛当海军大臣的时候，带我看过表演，那军舰上的机关炮，突突突的，一梭子能扫穿三面土墙打死后面的人。"

中年男子面如灰土。他曾夸下海口，救上面的活儿交给自己。这回听胖六爷这么一说，就算自己和自己养的那几十个死士一起上，也扛不住对面一排枪啊。

"不过，不是所有的部队都囤积在南海，"灰袍子青年插话道，"他们大多在紫禁城附近，南海边主要是以前左武卫军的一支，曾经是马玉昆的部队，不过现在调过来直属于军机大臣载沣。主力都在宝月楼附近，大概一个营步兵、一个营炮兵。大约有六门速射炮和四挺机枪，分布在……"

灰袍子青年走到窗边，稍稍朝外张望了一下，便用手轻轻拿起支窗棍，把顶着的窗格放了下来。

随后他回到桌边，从怀里悄悄拿出一块白色的绢布，平摊在桌上。这绢布只是手帕大小，上面似乎绘着一些图案，众人凑上来一看，分明就是一张皇城全图。

灰袍子青年招呼众人凑近，然后抬手在绢布上，顺着描绘成城墙的横线指了几下："分布在这儿，这儿和这儿。炮和机枪基本都架设在城墙的箭楼上，居高临下，射界清晰，火力可以覆盖整个南海……"

随即灰袍子青年详细描述了方才守城官兵射骡的事情，当说到那骡车还没接近城墙就被射倒之时，言语中竟有些失望的味道。

"连探照灯都通上了……"载泽喃喃说道。意思不用明说，能把墙外面街道照亮，这城墙里面也肯定是看得一清二楚。

"看来甲午庚子之后，朝廷下定决心练的禁军还是颇有成效，竟然才两枪就射杀了百米外的奔骡。"年长儒生手摸着胡须说道。

突然，一阵怪风冲开了紧闭的窗格，朝里灌来，窗格"吱呀"一声，吓得众人一个激灵。胖六爷受不了赶紧起身，找了个靠里面的位子坐了下来。

"是，本来我想试试最远能跑到哪里，结果骡车根本来不及奔到城墙底下，"灰袍子青年低声说道，"而且城内城外配合严密，从城墙响枪到马队赶来不过是一盏茶的工夫。想必皇城内会更加严密。"

"新军，马玉昆的部队……启刚兄是否有认得的？"自称载泽的瘦脸青年转头问中年大胡子。

"小人不敢，以前神机营、虎神营都是自家的御林军，小人都认得，但这新编的汉八旗禁卫军……"中年男子低下头，苦笑一声，说道，"我虽官任九门提督，可自从庚子年，南武卫军被洋毛子击溃后，原任载勋大人被赐死，武卫军从此解散。我这新任的御林军头领、堂堂京城的九门提督也就是抓抓小偷，查查走私之用了。"

"那么就是不认得了……"载泽暗暗叫了一声苦。

"皇城城墙厚重高大，无法攀爬，四周布防严密，铁网密布，丝毫不亚于紫禁城，"灰袍子青年继续说道，"听说里面甚至还有配着毛瑟骑枪的骑兵队，至少有半营，具体人数不明。他们每日从早到晚，在南海城墙边巡逻。据说得了旨意，但凡有人接近瀛台，询问不答者，就地格杀勿论。"

众人听毕，都齐声叫苦，一瞬间整个雅间仿佛霜冻一般，各人都沉默不语，只听得外面的冷风呼啸。胖六爷受气氛的感染，不禁使劲往袖子里缩了缩头。

最后还是载泽打破了沉默，说守军即便枪械精良，也不敢贸然往宫内射击，炮台里的大炮一般只是朝外架设，要立即调转炮头朝内也并不容易，只要能过了皇城城墙，就有希望。

随即载泽转头，询问起胖六爷宫里面的情况。

"最近是非常时刻，老佛爷，不，西面儿的病日渐加重，宫里面消息日紧。你们别看我平时在宫里面走得勤，可实在是厚着脸皮子的。打戊戌年后，宫里面的太监几乎都换了一茬，万岁爷身边的太监，都给遣散了，换成了西面儿的人，实在是不容易打探，提到万岁爷都特别地小心。这些个消息，是我花了好几个鼻烟壶才得到的，可疼到我肠子了。"

"言归正传，老六，宫里的消息究竟如何？"载泽见他说话没边，就张口打断，随即又补了一句，"等事成，我让上面儿从宫里面挑最好的鼻烟壶，赏你十七八个的。"

胖六爷一听乐了，连忙说道："我这下可是打探清楚了，上面儿确实被软禁在南海的瀛台，这十年都在那儿，就在涵元殿。瀛台上就这么一座两层小楼，涵元殿是正殿，坐北面南。北有涵元门与翔鸾阁相对，南有香扆殿与迎熏亭相望，隔海便为宝月楼，周围有些林子，都不算茂密，勉强挡挡风。

"瀛台四周面海，只有一座小石桥，上面有一个吊桥，一般来说都会将吊桥拉起，几乎不放下。平日里就用一条小船接送上面儿进出早朝，送上水下水也都用这条船。

"整个南海上也就这么一条小船，小船只能载三人，平日里就泊在瀛台东边的南船坞那儿。铁链子给锁着，太监严密看护。

"瀛台里有八个太监轮流侍奉上面儿，名为侍奉实为监视，这些个太监都是李莲英亲自挑选的心腹，平日里就住在瀛台里面，根本不出来，偶尔出来露个小脸儿，也是定期向李莲英报告，总跟在李莲英的边上，即便是我也不敢轻易搭话。这八个人平日在瀛台上，四人一班，白天视野良好，他们就遥望勤政殿的值班太监，每隔一个时辰挥一次手，以示无事。夜晚，则以报时梆子为号，每过一个时辰升起一盏红灯，随后将其落下，以示无事。若梆子响后，红灯未起，值班太监会马上飞报首领太监，把吊桥放下去。这首领太监会带大批太监过来查看，如的确有事，就会差人飞报总管李莲英。李莲英会亲自过来察看。若这梆子未响，红灯升起，也说明有事发生，同样会招来首领太监。

"还有件挺有意思的事儿，听说皇上在里面闲得没事，就是修钟，把一屋子的西洋钟拆了又装，装了又拆的，还能正常走字儿。一开始太监都不信皇上能修洋人的东西，不信走字儿的钟，就相信外面的梆子。其实皇上聪明绝顶，那些西洋钟都走得准着呢。后来太监都信了，就按照皇上的钟报时，去放红灯。"

说罢，胖六爷神气地靠在椅背上，等待众人惊讶的眼神。

谁料，载泽突然站起来喝道："载洵，你怎么知道得那么清楚？是不是你走漏了风声？！你若不说明来意，对方怎能细谈到如此！你怎能得知李莲英和首领太监才能知道的约定细节！我知你不敢走漏风声，若是走漏，则我等项上人头早已放在李莲英的案上了！在我来看，便知你是不知深浅，夸大其词，此事事关重大，若你轻浮不济，败我等大计，我定不饶你！"

被称为载洵的胖六爷，一听载泽的喝骂，吓得连连喊冤，慌忙说道："大表哥，我哪敢诓你啊！这消息是用五十两银子从意大利和尚那儿买的五彩珐琅鼻烟壶换来的。以前，我就总在宫里打听有什么奇闻轶事，或者有没有捞油水的差事放出来。大家见多了，早对我习以为常了。

"有个首领太监身边的带班太监，是个票友，平日宫里听不到戏，就老喜欢借着出宫办差约我一起听两出。我跟他熟识。那天他高兴，我又悄悄送他东西，他只当我闲得无聊，就绘声绘色地给我描述了宫里头的一件大事儿。"

众人忙问什么事。

载洵示意众人搬椅子坐近，中年男子也给灰袍子青年找了把椅子坐下。载洵故作神秘地压低嗓音说道："那是有一年冬天，上面儿，就是万岁爷，他自个儿逃跑的事儿！"

"自个儿逃跑！"众人惊讶地叫了起来。

二

皇宫大内，南海深处，孤悬在海中的瀛台在冬夜里显得格外寒冷，四周傍水的孤岛上，只一座小宫殿，坏槛当潮，风骚骚而树急，天惨惨而云低。四周的林木并不茂密，无法阻挡这北方凛冽的寒风。在漆黑的风中只听宫殿二楼传来响声，这分明是窗格里有些糊窗纸已经破开，在寒风的撕扯下发出的声音。

楼里面忽然传出一声尖叫，随即冲出来两个穿着蓝布大对襟棉袍的太监，对着岸边大叫起来。一盏血红色的灯笼从楼东一下子升了起来。

紧接着对岸也有人大声呼叫起来，吊桥立即被放了下来，四个蓝袍太监打着灯笼引着一个身穿褐色长袍的太监冲了进来。那个褐色长袍的太监，和里面的太监说了几句，大惊失色，带着人把每个房间搜了一圈，还是不见人影，便把身边一个蓝袍太监拉过来，耳语几句，又塞了一个腰牌给他。那个蓝袍太监拿过腰牌，立即用手高高举起，也来不及请安就转身疯狂地跑了起来。褐袍太监冲回吊桥，大声呼喊着所有太监立即起来，包围南海。令守城侍卫、八旗立即看紧城门，差人来回巡视，不得有误。

蓝袍太监手举腰牌一路狂奔，穿过西苑直向紫禁城。守门侍卫见到腰牌也不敢阻拦，他直跑到西太后老佛爷寝宫所在的西六宫。

储秀宫边上的李莲英在睡梦中被喊醒，大为恼怒。

万一半夜里惊醒了老佛爷，轻则动刑，重则有人掉脑袋。别人倒霉事小，万一是自己的手下，自己也少不了陪着受一番斥责。

李莲英正想喝骂来者，突然听到一个骇人听闻的消息：皇上不见了！

李莲英瞪大双眼看着来人，问对方是不是得了失心疯，皇上能逃哪儿去？这瀛台四周都是水，皇上从小长在深宫，也不会游水啊！还能长翅膀飞了？

蓝袍太监忙回话，皇上确实是不见了，哪儿都找过了，一共就二十几间屋子，都没找到皇上的身影，现在首领太监陈公公正带人爬屋顶、搜树林呢。

李莲英狐疑地穿起衣服，第二个蓝袍太监跑了进来，说林子里也搜过了，一棵一棵数来着，屋顶也都架梯子上去瞧了，人真没了，莫不是皇上真龙显圣，驾云跑了？

李莲英可不信这些鬼神之说，听罢赶紧穿衣服带人冲了出来。出了紫禁城，刚到西苑门，就看见前面密密麻麻地跪了一大群人，走近一看，都是太监。他穿过人群，看见一个穿着褐色团龙锦袍的瘦小男子站在当中，仰天而望。他的身边已经围了上百个太监，向前不能，向后不行，动弹不得。

李莲英见了，又惊又喜，却也出了一身冷汗，赶忙上前请安。对方也不理睬，只是仰天而叹。李莲英也不再多说什么，差人将那个男子拽回瀛台中，也不敢多问。当晚李莲英一宿没睡，带着几十个太监坐在勤政殿亲自值夜。

次日，当第一道阳光照耀到南海上时，南海并没有像往常那样泛出粼粼的波光，而是反射出了一道尖利的亮光，晃得人睁不开眼睛。众人定睛再看，原来昨儿一夜寒风，原本略有薄冰的湖面结起了厚厚的冰层，皇帝半夜被冻醒，便穿上锦服，躲过太监监视，出门透气，却发现湖面上已经结起了冰，索性一不做二不休，从冰上穿湖而过。皇帝心知皇城城墙高大，且城边禁军密布，便沿湖东向，一路走到西苑门，试图绕过紫禁城。趁天亮大臣上朝开宫门之时，混入人群中强行出城。当夜月黑风高，方向不明，冰面又滑，即使勉强通过星辰辨别方向，仅靠徒步，大半个时辰也走不了多远。

不久，值夜太监就发现皇帝不见了，立即差人包围了冰湖，侍卫太监布满南海两边，就在第二个人飞报李莲英的同时，刚走出冰湖的皇帝就被人发现了。

随即上百个太监围住了皇帝，皇帝前进不能，后退不得，百般责骂，众太监也坚决不让半步。等看到了李莲英，皇帝就只能仰天长叹了。

当日李莲英将此事呈报给了西太后慈禧，慈禧下旨，治当夜监视太监四人疏忽之罪，各杖责二十，轰出宫去。

又命人立即凿开冰层，另加派太监，严加看管，必要时即使侵犯龙体也在所不惜。

"这都是好多年前的事儿了，从此每到西风一起，湖面一结冰，就会有人过来把冰凿开。"

众人听完胖六爷载洵绘声绘色的一番描绘后，并不觉得有什么值得高兴，反而更加沉默。尤其是那个五爷镇国公——爱新觉罗·载泽。

载泽原本计划趁着寒风起、湖面结冰，冲进瀛台救出皇帝。可这下看来，根本就不可能。如此宽广的湖面，如果一结冰就把它凿开，无船根本无法过人。

可这是唯一的机会，若派人潜水过去，且不说在这北方能否找到有如此好水性的人，还得耐得住这冰冷的湖水。就算找到了能过湖的人，也无法用同样方法带出皇帝。在紫禁城里长大的皇帝，莫说潜水，在水里稍微一泡估计就不行了。

此外，还有一件头疼的事情，当班太监一个时辰就过来张望一眼，一有风吹草动就会招来大批太监和侍卫，还会招来李莲英。宫里有谁不认识皇帝？到时，任他如何躲藏，哪怕乔装隐藏在宫中某间屋子里，只要有人发现皇帝不见，就会宫门紧闭，满城搜查。宫里人多耳杂，总会被查出来的。再说宫里也没人有这个胆量敢私藏皇帝。

最后，还有那高大的城墙和几千名新军士兵要对付，连城墙都进不去,还怎么救皇帝?就算救出来,又怎么出城?

载泽神色黯淡地坐在桌边,为不让众人感觉到他的无奈,只得先打发众人回去,两天后再在崇文门外老地方碰头。

几个王亲显贵在长安街密谋之时,寒风丝毫没有停歇的意思,呼啸地穿过长安街,带着泥灰一路往东南刮去。

在东城崇文门内的一个小胡同口,有几棵老槐树孤零零地栽着,树干上遍布裂痕。有些主干虽然已经坏死,却在坏死的树干尽头抽出了些嫩枝,斜刺里顽强地长了出来。

胡同里面的房子大多破败不堪,尽是些个残垣断瓦。这胡同的地面虽是砖砌,却布满碎石,不时地散布着几个大坑,稍不注意就会被绊倒。倒是巷子尽头看得清楚些,隔壁的东交民巷里,洋房外的街灯投射出了昏黄的光,勉强可以帮助路人看到胡同里的路。

就在这个胡同里,有红光在巷子边上一个破旧的门板里忽隐忽现,还伴随着一阵爆豆似的"叮咣"声。

胡同里突然出现了一个年轻人,穿着一身单薄的灰色粗布短衫,背着个包裹,一副外乡人的模样。他一路跌跌撞撞地摸索着,走到那个闪烁着红光的屋子门口,轻轻推开了门板,看见一老一少正在里面打铁。

老者头发花白,红红的炉火映得他的脸膛油亮亮的,他正用长把钳子夹着块烧得发红的铁块,放在铁砧上;另外一个十一二岁模样的少年，正抡着大锤往红铁块上砸，每砸一下，老者都用小锤在原处补一下。两人默契很配合，"叮咣"声此起彼伏，砸得火星四溅。直到这块铁块略微成了形状，老者才用钳子夹住铁块往油里浸，一阵青烟瞬间冒起。此时，两人才注意到身边的年轻人。

年轻人忙说自己是外乡来的，刚巧路过这里，外面风大，自己能否在此稍微避避风。

"行！你自己找地方坐吧。"老者一边拉起风箱，一边示意年轻人进来。

年轻人凑过来，贴着炉膛边坐了下来，顺手从包裹里拿出两个地瓜，硬塞给边上的少年。

少年愣愣地看着老者，老者看了看年轻人，示意他把地瓜放进炉膛里。随后年轻人就抢过老者的风箱把手，卖力地拉起了风箱。

老者笑了笑，问道："年轻后生，你从哪里过来的？"

年轻人操着一口山东方言说道："山东济南，家里略有几口薄田，胞弟们给种着，自己到京城来寻亲，谁料走到这里就寻不见了，眼见天色渐晚，风大得不行，实在冷得支撑不住，幸好看见这里有亮光，就过来讨住一晚。"

老者从腰后面取出根旱烟，用铜烟头往扎在旱烟杆上的烟袋里挖了一勺。

年轻人见状赶紧捡起地上的钳子，夹起一块炭，给老者点上烟。

老者深深地抽了一口，过了一会儿，才从鼻子里把烟呼了出来，随即慢悠悠地说道："我想也是，只见出去的，也不见进来的。"

年轻人忙问这里为何如此冷清，都看不到人家，只有对面房子高大明亮，可边上竖着高高的铁栏杆。

老者慢悠悠地说道，京城里的普通人家，本就十分贫穷。庚子年后，更是一年不如一年。往年都是外省人到京城讨饭吃，这些年却是京城人流落到外乡去寻亲。各家各户无不是破砖烂瓦，门洞密布。官府把能折钱的东西，都抵给了洋人，听说连山西煤矿都签给了洋人。最近炭价飞涨，老百姓没钱买炭烧炕，连点灯用的煤油都买不起。天一寒，都早早地爬上炕头，钻被窝里睡觉了。只有这打铁的人家晚上赶活，顺便烧炭取暖。

对面那排高大的房子，就是东交民巷，是洋鬼子的住所。里面通了电灯，每晚照得通亮。

他们现在住的这个胡同因为靠近东交民巷，以前住过不少信洋教的大清子民，还有不少做洋人生意的。所以整个胡同的房子都修得不错，连路都是用砖铺的，比别家的土路气派多了。可庚子年西边来的军队在这里进攻洋人的使馆，打死很多教民，没死的都逃进了使馆。仗打了一个月也没能打进去，倒把附近的房屋打得千疮百孔，胡同口的老槐树都烧焦了，砖地也被炮弹打得到处是坑。

仗打完以后，这里死人太多，没人敢住。衙门也没钱修缮，就废弃了。他们爷孙俩是前年过来的，找了个还可以的房子就住了下来，靠打铁的手艺吃饭。

说着说着，突然听到门"吱呀"一声，年轻人吓了一跳，转头看去，从门外挤进来一个小小的脑袋，红扑扑的圆脸上，两只大眼睛扑闪扑闪的，头上扎着两根细细的红绳，身上穿着一身花衣裳——原来是个扎着羊角辫的小女孩。

小女孩瞪着圆圆的大眼睛往里看，看见老者便笑嘻嘻地钻了进来，站着叫爷爷。那个十一二岁的学徒，欣喜地迎了上去，拉着小女孩的手，站在那里看着老者。

老者看了看身边的活，自言自语地说道："今天打得不太够，明天如果要打就得多打一会儿，最多一晚上也就够了。"

孙子当然明白爷爷话里的意思，高兴得赶紧用钳子从炉膛里扒拉出还在烧的炭，把炭滚灭了。正刨着，刚才埋进去的两个地瓜从炭灰里滚了出来。孙子看了看地瓜，又看了看爷爷和年轻人。年轻人朝小女孩努了努嘴，孙子会意，便从炉膛里拿出地瓜。

那地瓜烤得外焦里嫩，掰开来香味四溢，小女孩不禁咽了咽口水。小孙子把两个地瓜都掰成两半，先给了爷爷和年轻人，再把剩下的都给了小女孩，然后继续用钳子钳出剩下的炭，小心翼翼地将其滚灭、堆好，转身封上了炉子。随后，他拉着女孩到角落边上玩儿去了，小女孩把手里的另一半地瓜，硬塞还给了男孩。

四个人就捧着这烫手的地瓜，和弥漫的香味，一人一口地吃起来。小男孩吃着吃着，抬起头，女孩看着男孩，突然"咯咯咯"地乐了起来。

众人一看,原来是男孩没注意,烧焦的地瓜皮在他鼻子上染了一大块黑,男孩不免一起笑了,笑容洋溢在他们瘦黄而朴实的脸上。

一晃便是一个月有余,载泽匆匆忙忙上完早朝,回府脱下朝服,换了便装,就立马冲了出来。驱车到正阳门外大街路西的廊房二条,从车上下来后,拎着鸟笼子逛了一圈。此时天刚刚亮,早市刚开始,人声鼎沸,载泽让下人随便挑了些玉镯子、玉簪子,就调转车头穿过大街,绕过花市,过了二条、三条、四条,驱车转了一个时辰,随后停在了崇文门外的一家茶馆处。

茶馆三楼靠里的三间雅间早已准备好,载泽上了楼推开中间的门,还没有人来。载泽吩咐赶车人拿上鸟笼子先走,让自己两个心腹戈什哈①分别坐到两边的雅间里,若有人经过,仍旧以咳嗽为号,以为告警。

他满腹心事地坐在桌边,看着窗外直发愣。

今天艳阳高照,天气格外透亮。一路走来,街边挤满了赶集的人,热闹非凡,这繁荣的景象和破败的皇城倒有些格格不入。哪怕日子再艰难,老百姓自有老百姓的开心去处。

载泽起身走到窗前,往街上随便一看,发现街边的茶馆对面,

---

① 戈什哈:满语。清代高级官员的侍从护卫。

还有一座精巧的四合院。磨砖对缝的灰色砖墙，斜面凹型层叠的绿色瓦顶，屋脊上高耸的鸱吻，屋檐下齐整的滴水，无不显示这家主人曾经拥有显赫身世。

不过，这个四合院现在的主人显然不是它原来的主人，现在的这个主人一定是个商贾人家，因为普通百姓无法盘下这么大的院子，也不需要这么大的地方住人。

载泽推算着这家主人的身份。

就在这大宅暗红色的大门两边，有副金漆镌刻着的门联，却是满北京城都能看到、俗得不能再俗的"向阳门第春常在，积善人家庆有余"。可见这户人家显然不是什么文人官宦，自己做不了对联，才在迁居时找人做了一副。

而且该户人家应该是才从外地迁入北京的。凡北京商贾，都会知道一些本地的名人，都会在乔迁府邸的时候，请人来撰一副好对联，以显得自家有身份，和官府、同行打起交道来也能不低人一头。这户人家显然是受了本地某些掮客的蒙蔽，花了些冤枉钱，买了这么一个大宅子，还把修缮的事也交给了别人，才弄得这么精巧的大院子，镌刻这么俗的一副对联。幸好这掮客图省钱，别的地方只是稍加修缮，才没把这四合院改得面目全非。

这四合院门虽弄得不伦不类，花园倒是整饬得十分干净，海棠、石榴、国槐，枝叶婆娑，分布齐整，把四合院布置得颇有些皇家园林的味道。

在京城不熟地头，十分有钱，却不通文墨，以前不太在京城里面和其他同行、官宦做生意的商贾,但又精通园艺,看来是浙商无疑了。

此时一辆马车缓缓地驶过街边,停在了门口,马车灯笼上"浙江会馆"四字依稀可见。载泽心领神会地笑了笑。

举凡京城有钱的商贾,除了本地官商就是晋商了,这些人都在京城盘踞多年,有多处分号,自然懂得门脸。光绪二十九年,北洋大臣袁世凯力邀山西票号加入天津官银号,但山西票号拒不奉命。到了光绪三十年,鹿钟霖为户部尚书,奉谕组建大清户部银行,也邀请山西票号加入股份,并请出人组织银行。

当时山西票号北京分庄的掌柜多数赞成,各号均跃跃欲试。但重大事体必须请示总号定夺,总号东家掌柜墨守成规,只知坐享其成,毫无远见,竟复函票号北京分庄,既不准入股,也不准派人参加组建,致坐失机缘。后来,户部银行改由江浙绸缎商筹办,致江浙财团后来居上。不久,户部银行改组为大清银行,再请山西票号参加协办,无奈山西票号又不应召,结果大清银行的股分全都交给了浙商。

看来这家院子就是刚刚参股议事,不得不长年往返京城的江浙商人盘下的。

一想到袁世凯,载泽不禁狠狠地咬了咬牙,就这个小人,戊戌年蛊惑西太后,出卖了皇兄载湉,继而把山东总督、北洋大臣的顶子骗到手。庚子年除了远在山海关的左武卫军无法参战外,其他前、中、后武卫军都奉诏,带着义和团民一起血战洋毛子的联军,几乎全军覆没。就他袁世凯的右武卫军一兵不发，在山东镇压义和团，保存实力。

庚子年载字辈的皇族，迫于洋人压迫，流放的流放，废爵的废爵，现在所剩无几。当年李鸿章一死，就他袁世凯实力最强了，这次跟他一起考察的大臣中，徐世昌就是北洋的重臣，袁世凯的把兄弟。现在他权倾朝野，富贵一身，可受他祸害的皇兄载漪却被关在冷宫中，连饭都吃不饱。载泽恨不得能亲手杀了袁世凯，可现在只能隐忍不发，以待天时。

想到此处，载泽不禁摇了摇头，这大清国上下，四百兆民众，难道除了投机小人之外就都是些庸庸碌碌的坐以待毙之徒吗？

忽然门口响起了咳嗽声，一个人掀开门帘走进来，原来是之前那个灰袍子青年，进门看见载泽便拱手请安，刚想下蹲，便被载泽打着手势制止了。

载泽说道："载涛，你我出来共图大事，这些满人的旧式礼节就免了。"

载涛点了点头，靠近过来坐下，问道："今日上朝之时，依旧不见皇上和太后，五哥如何见解？"

载泽紧皱双眉，说道："太后和皇上已三月不朝。皇上上次出来，还是八月，看来太后真的一病不起，我等要加紧行动！我怕太后一旦知道自己大限将至，会立即罢黜皇上。她必像在庚子年那样，在下面溥字辈皇亲中找一个立为储君，她的侄女——隆裕皇后——就会垂帘,成为隆裕太后。这样我大清从一个叶赫女人手里,转移到了另一个叶赫女人手上,何时才能再现康乾之盛?若太祖太宗得知,也难安眠于九泉之下。我等载字辈此时坐视不理,乃是对先祖、对江山社稷的不敬。"

"五哥,话虽如此,但现今的军机首辅大臣载沣毕竟是我王兄,也是我载字辈的,我听说六哥载洵会被任命为筹办海军大臣,我想我等共同努力,辅佐王兄,也许大清也能等到这一天……"

载泽未等载涛说完就起身,焦躁地在房间里踱起步来。

载涛不明就里地继续说着:"我王兄宽厚仁和,高风亮节,虽略显中庸,但他还未独掌大局,怎知他一定不行呢?"

载泽回身坐下,瞪着载涛说道:"你还不明白,就是因为他宽厚仁和,懦弱无能,现在西方各国如狼似虎,饥不择食,他这般既无胆魄,又无才识,怎能抵挡?

"再说还有皇上,你难道忘了那个温良谦恭、总是低头微笑着来微笑着去、待我等如亲兄弟的皇上了吗?自从戊戌年后,皇上被太后软禁,在里面活得着实不易,太后对皇上百般刁难,动不动就命人奉旨斥责,皇上一跪就是两个时辰,如此这般,便是没病都能折腾出病来。

"打庚子年就说他得病,连洋人都惊动了,派了医生进宫去查。结果查了半天也没查出来,可没病还老得吃药,谁知道那药里是什么东西。听说,前一阵子,上面儿真病了,牙疼,都不给宣太医,怕洋人得了消息,又要冲进来给治。后来听说是上面儿自个儿把牙给敲下来的，吐了一碗血呢。"

载涛点头称是："这个我也听说了，但我觉得道听途说……"

"你不曾听南海的大臣们说起瀛台吗？连窗户纸破了都不给补，皇上吃饭老是饥一顿饱一顿。这些我就不说了，怕就怕太后在临终之际，罢黜皇上后……"

载泽说到这里，顿了顿，警惕地看了看门，回头低声说道："还要加害皇上。"

载涛惊讶地看着载泽，一副不可置信的样子："加害皇上？这……虽说帝后和他势不两立，但如此大逆之事，总不至于吧？"

"看太后辛酉年、庚子年的手段便知道了，"载泽低声说道，"现在是迫于洋人的压力，不敢随便立储。她一想到自己身后，洋人会要求皇上亲政，她便是死也不能容忍的，我觉得她必下毒手。"

听毕此言，载涛愣住，低下了头。

此时不知从哪里飞来一只麻雀，停到窗格的边上，叽叽喳喳地啄起了窗格，引得另一只麻雀也飞了过来，在窗格边跳来跳去，两只麻雀凑在一起嬉戏起来。

载涛转头看着那些小鸟愣了半晌，忽然猛地转过头来，眼眶中似乎还有些泪珠，显然是想起了些往事。他愤愤地说道："五哥在理，不用多说了。我和皇上生死与共，我等共同谋划，事已至此，不可回头，人手皆已布置下去了，只等月黑风高之时，五哥一声号令，我等一齐救出皇上，光复帝业！"

载泽欣慰地拍了拍载涛的肩膀，以示鼓励，随即又低声问：

"死士已经请到了吗？他到京城了吗？"

载涛回话道："到了，已经在隐秘处埋伏下了，一切依计行事。张謇和洋人那里呢？"

"还没有消息，今日约好在此间最后敲定计划，却还不见人影。"

载涛凑近载泽道："载洵、启刚昨日数次问我计谋细节，我按你所说，只推说不知，要今日见了你以后才知道。我只是不明白，载洵是我等同胞兄弟，启刚是我镶白旗同旗，你已让他们参与，却不让他们知道细节。可他张謇，不在官位已久，久居南方，商贾逐利之气甚重，你却予他参知细节，这是为何？"

载泽看了看面前这个一脸稚气的青年，又是喜爱又是怜惜，这是他身边唯一信任的同伴，虽已显露出英武之气，但年纪尚轻，仍不谙世事，需费心教导。

"载洵、启刚久在京城，交往甚多，鱼龙混杂，我知他们二人口风甚紧，既已加入，不会拿身家性命开玩笑，绝无告密可能。但载洵平日与载沣交好，载沣已许他筹办海军，此差油水甚厚，即使我等计谋不成，也不妨碍他升官发财。我想他不至于出卖我等，却有临机两边投靠之嫌。他身家性命不与我等捆在一起，不会出死力。我只看他宫内关系甚好，让他帮我等打探消息而已。启刚绝不愿意在这九门提督上久待，只想到南方谋个好差事，所以肯效死力。但他毕竟是武夫，做事鲁莽，我只用他九门提督之便，运送东西，安排人力。

"你以后遇到他们再问,就推说计谋还未敲定,我等只管行事,事毕之后,算他二人一份功劳就是了。"

载涛会意地点了点头,又问道:"那张謇?"

"张謇,毕竟是帝党,皇上老师翁同龢的得意门生,甲午年恩科状元。他当年弃官从商,是因为看到自己恩师身为大学士,被贬回原籍后竟然穷困潦倒,靠卖字谋生。他宁可舍弃锦绣前途,去做这三流的商贾,也不愿去做贪官。此等气魄,百年不见,我料他是可以托付之人,所以才将计谋对他和盘托出。

"再说他是甲午年的状元,甲午一战,我大清不敌日本,割地赔款,他也深受刺激。这两年他在南方,多和洋人接触,颇有见识。他和我等持共同政见,就是:不立宪,必亡国。亡国之时,天下必定大乱。覆巢之下,安有完卵?他半生积蓄,将会毁于一旦。所以他必定和我等休戚与共。"

载涛听毕,佩服得五体投地,连声说:"五哥有此见识,大事必成。"

忽然,两人听到有节奏的马蹄声传来,同平日里听见的中式骡车声音不同,载泽走到窗边,看到一辆洋人的马车缓缓驶来,便立即退回堂内,说道:"必是张謇来了!"

不久,咳嗽声又响起,那个年长儒生走了进来,身边还跟着一个金色鬈发、蓝色眼珠的洋人。

载涛凑到年长儒生边上,低声说道:"张兄,你怎么乘洋人的马车？让人看到我等与洋人密谈，恐对大事不利。"

未等张謇回话，那个洋人倒开口说起了一口流利的中文："非是张先生的主意，只是我实在乘不惯贵国的平板骡车，那车连避震装置都没有，实在是太对不起我的屁股了。所以我坚持让张先生坐我的马车。何况我们是生意人，只谈生意。如果有人问起，我绝口不提。我事先已经和张先生签了保密条约，我们法国人向来遵守信誉。"

载泽和载涛看了看张謇，他微笑着点了点头，从袖子里抽出一卷纸，打开是中法文两份格式的协议，上面一一书写清楚，如果要参与到此次投标中，必须遵守保密协议，等等。

载泽读毕，叹道："看来洋务方面，还是张先生业务精熟，我是找对人了。东西运来了吗？"

张謇笑道："一共七件都运来了，已经按照您的吩咐分别放到了指定位置。这位是杜邦先生，法国法曼公司清区的首席代表，负责最后的检验和收款工作。"

杜邦连忙递上名帖，并表示他们为在遥远的清国能有慷慨的买家为这样一个全新的发明而投资，感到高兴。希望日后也能在这方面长期合作。

载泽看了看张謇，会意地笑了笑，转头说道："只要先生能保守秘密，贵国的东西能派上用场，我想将来海军采购一定不只是英国人、德国人的专利了。"

杜邦满意地笑了，转身从身边掏出一份图纸，摊在桌子上，边打开边说道:"请看我们从巴西引进的本世纪最神秘最伟大的发明……"

三

天才蒙蒙亮,小胡同里的爷孙俩便起了床,起来后才发现那个年轻人已经不知去向,却留下了一个小包袱。

老者吩咐孙子把包袱收起来,那人回来找的时候再还给人家,不要叫狗叼了,或者被别人顺手牵羊了。

孙子不敢怠慢,赶忙去捡,没想到平时拥有打铁的力气,竟然没拿起来这一个小包袱,孙子一下子愣住了。

老者责备孙子为何像个木头似的杵在那里,赶紧拿走包袱,再把昨晚新打的锄头和橛子给人送过去。

孙子傻愣愣地用力拎起包袱,放到炉子上,边打开边说:"这包袱好沉啊!"

老者看到孙子竟然乱翻人家的包袱,正准备呵斥他,却看到金灿灿的光从包袱中射出,打开一看竟然是二十锭金元宝整齐地叠在那里。

两人张大了嘴不知道该说些什么,半响才听到孙子说:"那个人好大的力气,看他背着这包袱,连气都不喘一下。"

老者也喃喃地说道:"莫不是遇到了赵公元帅下凡?"

突然,外面传来一阵嘈杂声,且伴有"吱吱嘎嘎"的车轮子响,吓得两人心惊胆战。

孙子慌张地说道:"莫不是天兵下凡,来捉我等?我们赶紧将这些元宝退回去吧!"

老者还算是见多识广,让孙子赶紧把包袱重新裹好,放到炉膛里用煤灰盖起来,自己则整了整衣服,出门来看。

却见一个硕大无比的东西,又宽又长,翘着头,用黑色油布紧紧地包裹着,架在一辆巨大的平板车上,八匹马拉着,从自己身边缓缓开过。这车看着不轻,直压得本来就不平的地砖四处蹦碎石子。

周围的居民纷纷围了过来,新奇地看着这个大家伙,有些调皮的孩子已经跑到了板车的边上,摸了起来。这么个大车被塞进了本就不大的胡同,加上围观的人群,胡同被填得满满当当的。

立马有好事者绘声绘色地说了起来:"我看呐,这就是个宝物!是当年太祖爷射雕的大弓!我听人说,当年大清国的太祖爷在鄂尔古纳河,大弓射雕,这弓足有三丈多高,一支箭就一人多高。我听宫里头消息,太后最近身体欠佳,估计是沾了什么邪气,于是乎就让盛京将军把这宝物运来压压邪,逢凶化吉。"边上的人都啧啧称是,互相传说着大弓的故事。

"什么呀,你看看这何止三丈长,这都几十丈了,这哪可能是弓啊,谁能拉得起来?"有些长年跑买卖、见过世面的人开始质疑起来。

"你懂什么呀,这开国的太祖能是一般人吗?听说他是天上的金刚大仙下凡,身躯巨大无比,足有二十丈高,当然能举起这东西。"有些闲散的人帮着狡辩起来。

马上又有人出来嚷嚷道："扯吧你，一人，长二十丈高，那他那玩意儿就得跟你一般儿大，一泡尿就淹死你。"围观众人哈哈大笑起来。

突然钻出个跑江湖模样的，穿件蓝色的长衫，身上搭个白色的褡裢，慢悠悠地说道："你们这群俗人，没见识，这是洋人的玩意儿。没见过吧？你没看到平板车上还坐着两个洋人吗？"

众人回头再看，果然有两个鬈发、白皮肤的洋人坐在平板车上，点着烟，聊着些什么。

围观的人们又开始交头接耳，有群长工模样的推了个能说会道的出来，好言好语地请教那个跑江湖的，想知道这究竟是个什么玩意儿。

跑江湖的"嘿嘿"一笑，从褡裢里取出一张画片，给那个长工看。长工看那上面竟然画着个袒着胸脯、露着大腿、头顶羽毛的洋女人，背后竟然站着一只狮子，还写了一些洋文。长工从来没见过这么刺激的画面。后面那群人好奇地围上来，脑袋挤着脑袋。画片往左，脑袋往左，画片往右，脑袋往右。

跑江湖的把画片往褡裢里一收，众人恨不能跳进褡裢里去。那个长工悻悻地问道："这个，这个洋姐是干吗的？"

"你们都没见过吧？"跑江湖的得意扬扬地说道，"这叫大马戏团，是洋人的玩意儿。里面的洋姐个个都不穿裙子，光着大腿，露着背，身上就没几块布，一个个都在天上飞。那狮子大象，可都是真玩意儿。自从皇上大婚以后,我就没再见过大象了,可洋人都有。有个洋妞愣是把脑袋往狮子嘴巴里送,差点就被狮子给咬下来了。嘿!那真叫玩命啊!"

众人都听傻了,那个长工还是忍不住问这个板车上的东西是什么。

跑江湖的瞪了那人一眼,说道:"你考我是吧,不信是吧。"

众人闹哄哄地说:"不能,哪能呢?"

跑江湖的回头又看了看那大车,转身说道:"这个是人家的大篷车,家伙都在里面装着呐,上面突出来的那个,是大炮!"

"啊,大炮!"一个人惊讶地叫了出来。

"行啦,看你那点出息,那大炮不是放炮弹的,是放人的!"跑江湖的瞪着眼睛说道。

"放人?"众人比刚才那人还激动。

"就是把炮里填好了药,把一个洋妞儿放进去,一拉绳,您猜怎么着……"

"怎么着?"几个人眼睛直勾勾地看着江湖人。

"'轰'的一声,人就跑你怀里去了。"

几个人都被他吓了一跳。跑江湖的哈哈大笑起来,众人也跟着一起大笑。笑完了自然有人问那个跑江湖的是怎么知道的。

跑江湖的说:"这个东西洋人是要卖票的,十五个银元一张票,我运气好,有天晚上有个人在柳条胡同后庄子里输光了银子,拿这个抵给我,我去看了一场。"

几个人一听十五个银元，一下子就泄了气，怪自己命不好。只有先前那个长工还在问对方要褡裢里的画片看，跑江湖的就非要他买自己的药膏，两个人讨价还价半天，长工才小心翼翼地从裤子里取了几张钞票，买下几贴药膏，然后拿了那张广告。其他长工一拥而上，争相看了起来。

老者刚准备转身回自己的打铁铺子，突然有人拍了拍他的背。他回头一看，正是昨晚那个年轻人，笑眯眯地看着他。

老者慌忙上前拉住年轻人，寻问他是否掉了一个包袱，回头来找。

年轻人轻轻点了点头，笑着说道："没掉，就是放在那儿自己离开一会儿。"

老者拉着年轻人进了铺子，抬头呼喊自己的孙子，却半天也不见人，索性自己弯下老腰，把手伸进炉膛里去摸，可摸了半天也没摸到什么，只有一把灰。他一下子大惊失色，起身再四处摸索了一下，一愣神，对着那个年轻人大叫："不好，难道是我那不肖的孙子贪图钱财，拿着你的东西跑了？"

说着，老者从炉子上抄起一把铁钳，刚要出门，却看到孙子兴高采烈地走了进来，手里提着一个小竹笼，一股香味从里面传出来，似乎是一笼刚出炉的包子。另一只手还提着几个荷叶包，显然包着的都是些饭菜。还有一个葫芦，酒香四溢。

老者大怒，抄起铁钳就向孙子打去，孙子大惊失色，却也不舍得撒开那满手的好酒好菜。

眼看着那铁钳就要打到孙子面门上，横向里伸出一只手来，把那铁钳一撩，老者感觉这铁钳仿佛自己长了力气般回了过来，稳稳地停在自己手边。

定睛一看，出手的竟是那个年轻人。他笑着解释道，孙子早就把包袱还给了他，是他给了孙子一锭元宝，让孙子去街上买些酒肉，顺便换些碎银子。

老者这才消了气，把二人迎了回去，热酒吃肉。孙子还颇为委屈，年轻人安慰了老者好一会儿，又喂了几口酒才止住。几个人谈天说地，老者却不问元宝之事。

酒过半巡，年轻人突然离席下跪，求老者帮一个忙。老者一下子酒醒，扶起年轻人，说道："后生不必行此大礼，我知你不是一般揽工之人，跟我们这些个打铁的一起喝酒吃肉，已是照顾。却不知何事需要我们帮忙？你且坐下慢慢道来。"

年轻人缓缓说道："我本是兵部尚书刚毅之子，名为启诚，庚子年，父亲带领义和团杀洋人未果，随太后逃出京城，却死在了去西安的路上。我等家眷奉上谕留守京城，却不料洋人破城后，直奔我家府邸，见人就杀，混乱中我保护着我哥哥，翻墙逃了出来，一路逃出城去。我和哥哥风餐露宿，相依为命，一直逃到了德兴府怀来县，搭了个草棚临时住下。我哥哥是个书生，体弱多病，不能干活，我曾中武举，有些力气，就靠我在外面揽些短工养活二人。后来听说太后返回了京城，我便一个人先回来看看，发现家中物件皆被洋人掠走，房子也被火烧了大半。家里人死的死，逃的逃，已经找不到人了。我翻墙进去，四处查看，幸而祖上积德，在花园的井里藏的几十锭金子没被发现，我将它们取了出来。现在有了金子，可以回自己老家买上几十亩良田，置片宅子，给自己和哥哥置房媳妇了。

"现今，哥哥身体日益虚弱，恐无法在北方过冬，要趁大雪封山前赶回南方，可自己因为原来的宅子尚未变卖完毕，脱不开身。昨夜里，想到附近陌生人多，恐金子被人看见，就故意穿了揽工时穿的破烂衣服，将金子悄悄从老宅子里带出来。本想存钱庄，可也不知哪里的钱庄在家乡有分号。彷徨半日，眼看天色全黑，无法归家，却遇上两位敦厚善良之人，容我过夜，而且不仅不贪图金银，连来历都不问，真是可敬。想这世道，弱肉强食，利欲熏心。两位爷孙还能替我保管，实在是难能可贵。我想我找到了可以托付兄长的人了。"

说罢，年轻人再一次试图下跪，老者连忙起身再扶。他向四周望了望，吩咐孙子马上到门口看看有没有人。孙子去了以后，老者突然跪倒在地，对着年轻人拜了起来。

年轻人大惊失色，去扶老者，老者却不肯起身，年轻人再三安慰，才扶起了他。

老者慢慢诉说起了往事，原来他们家以前是山东枣峄人，庚子年山东大旱，他们全家逃到直隶，又遇上黄河决堤，儿子媳妇都淹死了。他和小孙子命大，活了下来，但在直隶举目无亲，只能参加义和团。因为自己打铁出身，义和团就把他收留下来帮忙铸造兵器。那时候，是兵部老爷刚毅把他们接到府邸里住，亲同家人，同吃同喝，自己和刚毅还一起摆了香台，结为了师兄弟。可后来北京城破，天下大乱，洋人四处杀人，他们又只能逃出京城。爷孙俩相依为命，靠着打铁的手艺混饭度日。后来洋人撤退，两人想回京城看看。谁知刚到京城就听到刚毅大人一家遭了灭门之灾。现在苍天保佑，刚毅大人的遗子还在，正是他感恩图报之时。

年轻人大喜过望，抓着老者的手叙了一阵旧，并硬要送上一锭黄金，两人互相推了好一阵，年轻人只说是路上盘缠，老者才勉强收下。

年轻人与老者约定时间，等他哥哥找来，只管一起出城，到了武昌，自有家人接应。约定完，年轻人说还有家事要处理，便欢天喜地地走了。

那边，载泽也送走了杜邦等人，询问起载涛宫里面的事情。

载涛回答，已经联系了载洵，瀛台里面的人都是李莲英的人，就算是那个和载洵交好的太监也不敢收买。太监做了一辈子奴才，大多两面三刀，所以不敢拜托他们大事，事情败露，救人不成，反搭上几十条性命。宫里是没法子了，倒是大臣之中多有同情皇帝的人。

"哦，是吗？那事情还有转机，"载泽喃喃说道，"我早料到如此，载洵贪生怕死，我也不指望他能一人担待，早已想好了其他门路，你且听我……"

说着，门帘突然被掀开，一个人走了进来，在这之前，两人未曾听到门口有任何代表警示的咳嗽声响。两人大惊失色，定睛一看，那个人衣衫褴褛，穿着一身单薄的灰色粗布短衫，正是之前在胡同里向爷孙两人托付兄长的年轻人。

载涛回过神来，赶紧向载泽介绍，此人就是自己混的戏班子的掌柜偷偷向他推荐的死士——戊戌年闻名遐迩，夜盗金顶的燕翅侠之子，现名赵二。

"久仰大名，久仰大名。"载泽连连拱手。看此人瘦弱不堪，却悄无声息地躲过了自己安排在门外的两个侍从，直接进来，身手绝非常人能比，载泽对他的信任马上又多了两分。

年轻人微笑着拱手回礼。

"不知乃父身体可还康健，想当年，他一人飞檐走壁，潜入德国使馆，拿回被洋人霸占的金顶，并将其放归钟鼓楼上，一时名噪京城啊！"

"可惜后来还是被朝廷出卖，让德国人抓入使馆，严刑拷打后被处死了。"年轻人面无表情地说道。

"啊！竟有此事？"载泽大惊道，"他后来不是还做了几件大案吗？"

年轻人抿了下嘴角说道："不瞒两位大人，那是在下。"

"噢……"载泽意味深长地叹息了一声。

"大人不必顾全在下的颜面了。载涛大人通过我师兄找到我，我便知道两位大人对我的底细一清二楚。我本不关心朝廷党争，可慈禧是我杀父仇人。且大人此举，为国为民，是本朝惊天动地的第一案，我便应承下来，好看日后进展。

"昨日载涛大人布置在下去找可靠之人，我将信将疑地去了，找到了那爷孙俩，并按大人的吩咐去做，谁料此二人果然诚实可信，是兵部尚书刚毅的旧人，可以托付。此爷孙二人，即使再加一个青壮年，也绝对没有人会怀疑他们不是一家人。且二人受刚毅恩惠，打铁的山东人又是帮会出身，且是义和团旧部，义薄云天，决不会向官府吐露半句实情。

"我看大人早已看出，我虽然答应做事，却未必真心实意，便让在下按计行事，这就如同当年孔明用兵，关、张二人不服，便让张飞等人先烧博望，明白大事可成，从而死心塌地。大人如此深谋远虑，真知灼见，实在让在下佩服。我现在真的要死心塌地办成这件大事了！"

载泽谦虚地说道："哪里哪里，我等无用书生，怎能比得上可以为国效力的武艺大侠？"随即又不放心地说道，"那爷孙俩确实可用吗？刚毅乃满人，刚字为地名，实在山东，你说你家乡在武昌对方不曾怀疑？"

年轻人点了点头，说道："陋地小民，不曾知晓刚毅乃满姓。若对方还有疑问，我只说刚毅曾任江苏巡抚，到了武昌，我等派人接应后，便沿江而下。大人若还有疑虑，只管派人暗中监视

151

即可。"

载泽听他语气，知道此人不仅身手非凡，办事也颇牢靠，也就不再追问了。他抓着年轻人的手说道："大侠既已参与，就不必再大人大人的了，我等互称同志好了。同德同心，同心同志。来，我等一起盟誓！"

载涛拿出早已准备好的小香炉和酒，三人对天盟誓，却也不敢太过张扬，只是三拜天地，歃血为盟。

拜完后，载泽拿出了那张杜邦的图纸，又让载涛拿出了瀛台全图，把他的计划和盘托出。

"只是此计甚毒，不知赵大侠……"

年轻人哈哈大笑："既已盟誓，绝无反悔之理，若能按大人，哦不，同志之言，这必定是惊天动地的历代第一大案。此案若成，我死而无憾。"

"真乃天下第一豪士也！"

载泽紧紧地握住两人的手，久久不能松开。此时的窗外，依旧是艳阳高照，院子里的海棠花已经红透，天上两个纸鹞子上下翻飞，炊烟从远方慢慢升起。

★挑战读者★

戊申年农历十月十七夜。

月黑风高。

载泽在府邸深处的一间书房里，一会儿看着手中的怀表，一会儿看着面前的红烛，焦急万分。眼看指针一步一步地靠近子时，红烛也渐渐烧到了尽头，一切都表明，那一刻就要来临。载泽满头是汗，却手脚冰凉。他将他这一支皇族血脉的命运托付给了今天晚上的这场行动。这个行动他用了整整一年谋划，这一切都是为了将一个身陷囹圄的人从层层的深宫中解救出来。

这个人就是当今的皇帝，大清国名义上的主宰，爱新觉罗·载湉——光绪皇帝！

是的，拯救光绪！

他在脑子里反复回想着今天的计划，那一个个不可逾越的障碍纷纷出现在他的面前：

一、高大的城墙，不借助工具根本无法攀爬。城墙和大门守卫森严，守卫的士兵经过了西式操练，枪法颇准，且人数众多，无法强制进攻。禁卫军只忠于醇亲王载沣，完全没有门路买通，所以没有混入城内的可能。

二、城墙后面是南海，一个硕大的人工湖，只有一条小船和一座吊桥。一旦结冰，马上就会被凿开，所以不存在待湖结冰、步行通过的可能。吊桥和码头边都是侍卫林立，而且有忠于李莲英的太监待命，没有抢夺的可能。划船或吊桥升放的声音都会在周围引起莫大的关注，不可能悄悄进行。

三、瀛台，是湖中心的一个小岛，岛上有八个太监负责监视，有一盏红灯负责联络。即使潜入进去，杀掉所有太监，也无法安全将皇帝带出，因为皇帝不会游泳，只能通过小船或吊桥出去。如果强行游泳过湖，速度太慢，而且在深夜会发出巨大的动静，会马上被周边巡视的侍卫发现并抓住。何况现在正值寒冬，横穿南海即使不被冻死，也会消耗大量体力，无法完成后面的潜逃。

四、太监的巡视一个时辰一次，一旦发现皇帝不在寝宫内，就会马上报警。换句话说，即使里面的太监全部被干掉，外面的太监在时辰到了之后，没有看到红灯上下，就会马上放下吊桥冲进去查看，之后会招来大批侍卫和太监搜查周边。一个时辰又要过湖，又要出城，完全不可能。

五、同样，出去的时候，又要出一遍皇城，皇城那时的守卫会更加森严。而且连外城的城门也有可能被封锁。即使出了城，四处搜索的马队也会立刻追上他们。怎样才能出去，又不惊动守卫？

六、为了不被人立即发现，很多人想到了用调包计拖延时间，可天下谁都能调包，唯独这皇帝，宫内上上下下谁不认识，如何能够调得？何况太监每过一个时辰就会来检查，即使运气很好，隐瞒一时，但天一亮就会被人揭破，全城立即戒严搜查，甚至全国搜查，皇帝很快就会被抓回去。

如果是这样，不仅不能算是拯救，连自己也会赔进去。而皇帝若不能宣布归政，如何治理国家？

以上这六大挑战，使得慈禧太后和李莲英等后党认为这样软禁皇上是万无一失之举。可他载泽，想出了一招又一招，化解这六大障碍。届时必能将皇帝救出囹圄，兄弟重逢，共图大事。一想到此，载泽不禁喜上眉梢。

"试问天下除我之外，何人能破解此六大难题？"载泽喃喃道。

四

大戏即将上演。

为了不受怀疑，几个赌上身家性命的主要策划人此时都各自躲在家中，焦急地等待消息。

突然，蜡烛灭了。

载泽一愣，也不敢再点。他靠蜡烛计时，此时蜡烛一灭，说明时辰已到。

一切就此开始了！

与此同时，在皇城西北角，突然亮起了数道火光，十几个人在火光边撑起些油布，这些油布在一盏茶的时间里鼓了起来，越鼓越大，渐渐变成了球形，慢慢往上升，将那些火光托了起来。

那些火光越升越高，直悬在半空当中，形成人字形，左右各三个，煞是壮观。

此时正当午夜，西北风正盛，这些诡异的火光，三三两两地，随着风缓缓朝东南飘去。它们刚接近皇城，就引起了守卫的关注。守卫开始大声地叫喊，已示警报。

皇城城墙上立刻产生了一阵巨大的骚动，一群群守卫聚集过来，在城墙上互相询问。这些守卫，包括他们的带队军校，都从来没有见过这么奇怪的东西。

眼看着那些东西越来越近，恐惧的神情出现在士兵们的脸上，他们仿佛看到了什么神物一般，纷纷后退，呆若木鸡，就这样眼睁睁地看着气球飘到了城墙边。

这阵骚乱引得当值的参领跑了过来，他看见那些火光，立即命令把探照灯打过去。几道灯光刺穿了漆黑的夜空，照射在那些火光上，士兵们终于看清了那些奇怪的火光。那是六个巨大的球状物体，下面悬着一个小篮，小篮里面燃烧着熊熊的火光。

"有人！这东西上面有人！"禁卫军士兵大声地喊叫起来。

果然，那些小篮子里都有些黑影，似乎是在控制气球的方向。

"给我射击！不要打人！直接朝上面的球射击！"参领大声地发出命令，"那些不过是人造的气球！"

原来这位参领曾经在英国军官学校留学，看到过作为侦查对方阵地而使用的气球，而且曾经亲自坐上去，学习如何在高空中观察对方的炮兵阵地，所以对这些气球的特性一清二楚。

随着一阵爆豆似的响声，这些气球被一一击破，如断了线的风筝，四处乱飞。篮网也翻了过来，里面的人纷纷从高空中下坠，瞬间消失在暮色中。不久，坠地的响声传来。那些被称作气球的东西也都掉下来，落在了城墙的外面。

参领命传令兵立即通知城外的骑兵，尽快搜索这些气球的落点，搜索气球中的人，如发现尚有气息者，立即将其抓捕。

城内早就听到了这些嘈杂声和枪声。李莲英也早已被惊醒，庚子年的那场乱仗，让那个当年误以为枪声是没规矩的太监放挂鞭的他，现在能够清晰地分辨出何为枪声。

他迅速起身，传身边的太监往枪声处打听，自己则到慈禧太后那里请安。

果然，身体日益虚弱的慈禧太后也被惊醒了，怒不可遏地叱问："是谁打的枪？"

李莲英正好赶到，忙回答："已经派人去查了。"

不久，探查的人来回话，说是西边禁卫军打下来几只气球，就是跟孔明灯一样的东西，估计是老百姓放着玩儿的，没敢跟太后说气球里有人。

慈禧本就身体欠佳，夜不成寐，被这么折腾了一下，愈发感觉上天不关照自己。她叹息了一声，倒没有降旨怪罪，也无力追问什么，只是喝退了众人，回去睡了。

李莲英退了出来，小太监才一五一十地禀报，说那些气球估计是洋人放的，而且气球里有人。

李莲英顿觉奇怪，追问道："有飞进来的吗？"

太监回答："没有，全掉城外了。"

李莲英赶忙带上身边的太监，和一些宫廷侍卫朝西边查探，路上正碰上闻讯而来的参领，赶过来请安赔罪。

李莲英扶起参领，只道自己已经帮忙禀明太后，说禁卫军是忠于职守才开的枪，所以太后知道你用心办事，并未降罪。大清国到了今天，能办事的不多了，你要好好用心才是。

参领赶紧谢恩。李莲英随后追问那些气球的下落，参领禀报道："一共六个都找到了，里面的人也都找到了，却都是些布人偶，都是洋人状。"

说着，已经有人送来了找到的人偶，都是些布做的洋娃娃，和真人大小一样，还穿着裙子，相貌逼真。众人对这些做工精致的洋娃娃啧啧称奇。

参领连忙禀报道，这种东西他在英伦见过，都是节日用的庆祝人偶，不知为什么洋人大半夜的在这儿放起气球来了。

李莲英也觉得奇怪，盘算着要不明天到总理衙门那儿，让醇亲王去各个洋人使馆问问，随后便嘱咐参领，老佛爷正睡觉，下次再看到类似的气球不要再开枪，应该放箭。

参领连声感谢，目送李莲英回身走后，才发现自己出了一身虚汗。

此时，城外的百姓也被这噼里啪啦的枪声惊醒了，纷纷出门来打探。崇文门外小胡同里的爷孙俩同样被惊醒，战争后的人们，无论是皇族还是百姓，都有着一样的创伤，他们用各自的方式迅速应对着这些启示般的警告。

爷孙俩迅速穿上衣服，走出门外，却看到大板车上的油布已经被揭开了,车上斜放着一个巨大的架子,上面架着一只巨大的怪物,像一只大鸟,又像是一支巨箭,翅膀一边三层,一共六个翅膀,伸开足有三丈宽,上面竟然还坐着两个人。

另外有一个人跑到翅膀上,不知在拨弄些什么,突然那只大鸟发出巨大的叫声,那轰鸣声惊天动地,震耳欲聋。那个人从一个翅膀跑到另一个翅膀,声音更响了。

那个人从翅膀处跳了下来,回到板车,大声吼叫着,似乎是在和鸟上的人对话。过了一会儿,那人开动了机关,将大鸟瞬间弹到了天空中,那只大鸟挺着大肚子呼的一声飞上了天,沉降了一下,又挺了起来,瞬间没了踪影。

皇城里的卫兵,还在对那些奇怪的气球议论纷纷,流言蜚语迅速传到整个皇城的守卫耳朵里。东边的禁卫军没有看到那些奇怪的气球,只是听说了那些穿裙子的洋娃娃,心生好奇,都想去看看,却也不敢擅离职守。

正叹息着,空中传来巨大的嗡嗡声,仿佛千万只蝗虫一齐发出的声音。众人抬头想看,黑夜里却看不真切,突然,一个巨大的鸟形黑影飞速驶来,越驶越近,呼的一下从众人头上掠过,吓得众人赶紧抱着帽子蹲了下来,再看那只巨大的飞鸟,已经飞进城墙去了。

有些禁卫军回过神来,想开枪,突然传令兵飞速跑来,说如果放枪吵了老佛爷歇息,就地处决,如见到可疑东西就用弓箭射。

159

城门值守军官傻了,大半夜的哪里去找弓箭啊。再看那只飞鸟,早已不见踪影,只听到远处传来的如蝗虫般嗡嗡的声响。

瀛台里的太监也听到这奇怪的嗡嗡声,一个开封来的太监说他小时候见过,是过路的蝗虫,几个人打起灯笼跑到外面看,却看到那只三层翅膀的巨型大鸟掠过水面,撩起一层水花,随后迅速翻身,上升。在它身后,水面掀起了巨大的浪花。大鸟转头朝西北方向飞了一阵,在北海上空轰鸣着盘旋起来。

这番场景,让瀛台那几个一路追到北岸的太监目瞪口呆。其中一个太监突然扑通一声跪下,朝天空中盘旋着的大鸟拜了起来,另几个也被唬得跟着扑通扑通地跪了下来。

对岸看守吊桥的太监和侍卫,不知是哪个看见了这边磕头的太监,跟着就拜,剩下的也不明就里地跪下一起拜了起来。

"你们几个拜什么呢?"一个声音从瀛台的涵元殿楼上传来。

"大鸾!朝西北飞去了!"一个太监回头答道。

"什么东西?大鸾?是刚才那个声音吗?那东西有多大?"那个声音继续问道。

"足有十丈多长,一扇翅膀就飞出三百尺,您别管了,回去睡您的吧!"说完回过头不理会他了。

另一个还埋怨他:"别理他,废话那么多干吗?"

"噢……"那个声音充满遗憾。几个小太监继续跪拜。

此时，有一阵奇怪的涟漪，慢慢地从南边的湖中央传来，掀起的湖水拍打到了岸边。可所有人的注意力都被天空中盘旋着的大鸟所吸引，丝毫没有注意到那一阵阵涟漪。

不久，涟漪越来越快、越来越多地传向岸边。接近岸边时，水面突然咕噜噜地泛起了水泡，一个半人高米缸一样的东西，从水里慢慢冒了出来，漂在了水面上。

忽然，那个"米缸"边上开了个盖子，一个黑衣人从里面蹿了出来，跳进水里。他出来后，把那东西往湖中央一推，那东西没多久就咕嘟咕嘟地沉了下去。

黑衣人缓缓爬上了岸，悄无声息地在岸边的树林里穿梭，避过那些还在北岸磕头的太监们，进入了涵元殿。他刚摸到楼梯口，楼上却突然下来一个太监，和他撞了个正着。他迅速转身，从身上背着的包袱中抽出一把利刃，手起刀落。

月亮挣扎着从漆黑的云深处探出头来，银白色的光，勾开了他的面纱，一张白皙的脸从黑色的面纱中露了出来。

他正是燕翅侠之子——赵二。他深吁了一口气，定了定神。

刀在月光下泛出了一阵惨白，红色的血从刀尖上淌下……他连忙将刀收入刀鞘，把尸体拖到边上的杂物间里。

这还远远不够，他必须完成自己的使命。他跃身上到二楼，一条回廊绕过门厅伸向远方。

他一下子愣住了，这座楼房看似不大，回廊周边竟有二十多个房间，看上去都一模一样。正如载泽所说，虽然知道皇帝被关在涵元殿,却不知被关在哪个房间。

时间已经不多了,人究竟在哪个房间?他暗暗问自己……

原本按计划,他应该在此时找到那两个监视皇帝的太监,因为其他太监大多都被飞机吸引了出去,在楼里剩下的这两个,他杀掉一个,抓住另一个好逼问皇帝的具体住所。结果,那年长的太监却把那年轻的留下,自己也跟着出去看热闹了;而那个被留下的太监,着急了半天,最后决定把皇帝留下,自己冲出来看,却正好和赵二撞了个正着,做了刀下之鬼。没办法,现在赵二只能挨个房间去搜了。

他轻轻地走到回廊最深处,悄悄打开一扇门。黑漆漆的一片,不见人影,他不敢点灯,也不敢开窗,只是慢慢地摸索了一圈。

摸了一遍确实无人,才退了出来,却听到门外的响声,想是太监们看完热闹回来了,再一听,轰鸣声已经消失。这洋人的飞机怎么这么快就飞走了?它必须一直在天上盘旋,吸引众人的注意,直到只剩返航的油才行啊!

这才只搜了第一间,还有二十几间,怎么办?走吗?难道计划一年有余,就在此时功亏一篑了?

赵二匆忙跑回楼梯口,却看见楼梯口传来了"噔噔"的上楼声,一个灯笼伸了出来,一道黄光已经照到了赵二的脸上。

太监们意犹未尽地回来,一个人哼哼唧唧地说道:"这么大的一只神鸟,禁卫军也敢拿弓箭射,把鸟射跑了吧。"

"是啊,万一那是上天派来给老佛爷祈福的,给射跑了,那还了得?"另一个太监回答道。

"你们懂什么,那禁卫军都是醇亲王的人,他巴不得老佛爷早点升天,他能做摄政王呢!"

"唉,老佛爷一走,我们的李大总管就要失宠了,我们这些个人也要走背运了。"一个太监叹道。

"走背运也没什么,总比老待在这儿守着个半死不活的人强。"

"嘘,别让皇上听见了!"一个太监忙制止道。

那个太监满不在乎地说道:"什么皇上啊,庚子年前就差点被废了,现在要不是碍着洋人,早就轰出宫去了,就跟当年庆亲王的那个皇储一样,如今在二门外卖瓜呢。"

"闹腾一晚上了,皇上估计还没睡,咱们要不去看看?"另一个太监还是不放心。

"要去你去,我累了,睡去了。"说罢几个太监纷纷散了。

那个提出要看皇上的见别人都散了,也颇觉无聊,便欣欣然去睡了。

赵二从房梁上慢慢爬了下来,原来禁卫军竟朝飞机放箭。载泽早料到第一次放气球,虽然会引起大多是从农民中招募来的禁卫军士兵的骚动,却瞒不过曾留学西洋的满族军官,所以那些气球只是虚张声势,一边把守卫的注意力引向西南,好为飞机空投做准备,一边也想吸引禁卫军开枪,这样势必吵醒深宫中的太后,太后休息不好,一定会下令不许开枪。

可他万万没料到，禁卫军不知从哪里找来了弓箭，而且坚定地朝当时世界上大多数人都没见到过的飞行器——飞机放箭。

洋人都是贪生怕死之辈，赵二轻蔑地"哼"了一声。且不管洋人了，他们的使命已经到此为止，可自己到哪里去找皇帝呢？

刚才太监说，皇帝还没睡。如果皇帝半夜不睡的话，会在哪里呢？

这时，他听到从回廊右侧的一个房间里发出一声清脆的金属声，接着又是"当"的一声，随即便没了声音。

突然，里侧门开了，一个太监走了出来，从楼上下去，赵二跟了过去，看到他走到门外，把门口拴着的灯笼放了下来，重新换了根蜡烛，又挂了上去，随后打着哈欠走了回来。

"听说皇上在里面闲得没事，就是修钟，把一屋子的西洋钟拆了又装，装了又拆的，还能正常走字。一开始太监都不信皇上能修洋人的东西，不信钟走的字，就相信外面的梆子。其实皇上聪明绝顶，那些西洋钟都走得准着呢。后来太监都信了，就按照皇上的钟报时，去放红灯。"

赵二此时突然想起载涛曾经转述的瀛台里的细节，那时他要求载涛把载洵所有的话都复述一遍给他听。

如果皇帝没睡，百般无聊，不能出去，那一定是……

赵二迅速朝钟声响起的房间跑去，打开门一看，烛光下，一个身穿青布袍的黑影背着身站在一个西洋落地钟前，默默地看着落地钟，四周遍布着三十几个大小不同、形状各异的钟。

赵二迅速冲上去，从后面一把抓住对方，对方身体一颤，惊讶得想喊，赵二立即捂住对方的嘴，只是凑在他的耳边说了几句话，对方挣扎了一下，听明白赵二的话后才安静下来。

赵二放开对方，单膝跪地，在房间内微弱的烛光下，他看到了青布袍下的一双黄色的团龙绣鞋。

"你果真是载泽派来的？"对方问道。

"除载泽之外，绝无他人，如他人来见，便是三尺白绫，一杯毒酒。"

对方点了点头。

赵二随即原原本本地将载泽的计划说了一遍，对方长叹一声，说道："既然事已至此，我也不在乎了，请吧！"

赵二喊了一声"得罪了"，随即抽出包袱中的刀，一刀砍在对方身上，对方一声不吭地倒了下去，鲜血四溅。

五

"今天晚上怪事挺多的吧？"在勤政殿值班的首领太监随口问道。

"可不，又是怪球，又是大鸟的，听说都给禁卫军打跑了。听人说那些是上天派来给太后老佛爷祈福的……"

"不要乱说。"首领太监毕竟在宫中厮混多年，知道宫里的生存法则是少说话多磕头，口蜜腹剑那是常有的事，何况那些是别人的是非，是和自己无关的废话。所以像他那样稳重而又守口如瓶的人,深受李莲英的器重,长期驻在瀛台监视光绪。

今夜层出不穷的怪事,让这位首领太监本能地感受到了一丝不安:"你们几个把睡觉的那几个喊起来,我要到瀛台上去看一下。"

手下的两个带班太监面面相觑,放吊桥可不是一般的事情,不过这位首领太监是李莲英的心腹,在宫里,尤其是在南海瀛台这里,有至高无上的权威。他们不敢怠慢,赶紧把几个正在屋子里打盹的太监喊醒了,一起前往瀛台察看。

刚走到吊桥边,看见桥对面有人在挥手,再看,却又不见了。首领太监顿觉奇怪,急忙放下吊桥冲过去,看到一个人躺在那里,走近了拿灯笼一照,是个满脸血污的太监,身上被砍了一刀,"噗噗"冒着血,已经没了气息。

几个人壮着胆子拿灯笼一照,"啊唷!小春子!"一个太监惊呼起来。

首领太监大惊,慌不迭地就带头往里冲,几个太监也赶紧跟上。到了楼边,首领太监愣住了,让身边的一个太监先进去。那个太监不敢违抗,战战兢兢地往里走,刚踏进去一步,就扑倒在地,吓得后面的太监都猛往后退。一看,地上躺着一具尸体,打灯笼再看,那具尸体连脑袋都没了。

众太监大骇,纷纷后退,不敢再进。首领太监一见这副模样,不敢再犹豫,提了提胆子,让手下太监就地找称手的东西,立即上楼。

众太监手持扫帚、铁铲、石头、马桶……拿什么的都有,在首领太监的威逼下一起上楼。楼上也遍地是死尸,到处是断肢,鲜血顺着地板往外淌,大家也不敢乱看,十几个人壮着胆子一起冲进皇帝的寝室,却什么人也没看到。

惊诧之余,众人听到微弱的呼救声,他们冲过去,看到一个太监在地上爬行,翻过来一看,也是满脸满身的血污。他往里面一指,只是叫了一声"皇上",便没了气息。

首领太监虚汗直冒,头晕脑胀,也忘了危险,只是往里面走,看到屋子里陈列着各种各样的钟,一个穿着青色布袍的人背身坐在那里,直挺挺的,却已经不见了脑袋。

李莲英第一时间被叫了起来,他直奔瀛台。听说皇帝没了脑袋,他无论如何也不相信。可一想到今天晚上发生的那些怪事,便愈加怀疑,难道太后自己先动手了?听说先帝雍正爷就曾经养过一批杀手,擅用血滴子不动声色地取人首级。难道这是大内秘事,连自己都瞒着?但这不可能啊,自己和太后朝夕相处,没什么能瞒得住呀!何况要用的话,早几年打仗的时候就该用,何必现在对一个没什么用的皇帝用呢?李莲英越想越奇怪,不由得加快了脚步。

他走到瀛台边,看到湖的四周已经密密地布置下侍卫,而走过吊桥上了瀛台,却发现里面没什么侍卫,只有太监。那些太监却个个手执钢刀,到处巡视,乱哄哄闹成一锅粥。首领太监上来忙不迭地请安,李莲英不耐烦地问:"没脑袋的皇帝在哪儿?凶手呢?怎么不迅速缉拿？"

首领太监忙禀报凶手还未找到，李莲英吓得一颤，不自觉地往周边一看，怒斥首领太监："怎么不安排侍卫上来搜查？"

首领太监轻轻地在李莲英耳边说道："还没敢把皇上的事情说出来，只说是有太监内讧，执械斗殴，死了两三个人。我已经严密封锁了消息，瀛台口我亲自和带班太监把守，只许进不许出。"

"什么？太监内讧？你这不是丢我的脸吗？现在死那么多人，你说内讧谁信哪？何况刺客来袭，如不迅速缉拿，恐危害皇室，你我吃罪不起啊！"李莲英怒骂道。

首领太监慌忙答道："公公，只要老佛爷不问，其他人绝对不敢多问，也不敢追究。公公您想，是我等看守着瀛台和皇帝，若皇帝有失，必定是我等的罪过。现在皇上连脑袋都没了，根本不知道凶手把皇上脑袋带到哪儿去了。这瀛台就华山一条路，那条船还被好好地锁在船坞，倒是这吊桥被我等放了下来。若别人问起罪来，我等岂不是落得个和凶手串通的罪名？我等是您亲自指派的，我都在这儿守了八年，如果说我等串通，岂不就等于说您和凶手……"

"嗯，嗯！"李莲英的政治头脑飞速旋转起来，拼命想厘清里面的关系。

"皇上的首级被人取了，这在本朝是弥天大事，如果找不到，就算我等不是凶手，也非要被治罪不可。治罪事小，可若牵连了公公您，又因为公公您牵连了老佛爷……老佛爷必落得一个弑君的骂名。弑君至少留个全尸，可现在脑袋都没找到。您也知道，老佛爷时日不多，万一临终之前被天下人怒骂，难免不会恼羞成怒，万一把公公您拿出来顶罪……更可怕的是，尸体没了脑袋，不好辨认，万一别人说您暗中和大臣勾结，玩调包计，老佛爷起了疑心，私刑逼供皇帝下落，那就更……"首领太监一条一条地分析道。

李莲英一下子毛骨悚然，迅速清醒了过来，立刻指示身边的两个心腹太监，加入看守吊桥的行列中，今天晚上连一只苍蝇都不能放出瀛台；所有人严密封锁消息，不许往外透露半句；并且把当晚看到此事的太监名字记下，明天递一个名单过来；让身边的太监从西六宫那里调更多的亲信太监过来，把周边的侍卫换掉，把整个瀛台里里外外全搜一遍！另外催促禁卫军严密搜索外宫，亲信太监带人搜索内宫，防止凶手外逃，看到有衣服沾水者立即抓捕。

首领太监带着李莲英去了二楼，看到了那个无头的皇帝。此时满屋的血腥，熏得里面不敢站一个太监。李莲英用手帕捂着鼻子，顺着尸体绕了三圈，突然猛地伸手往尸体裆里一捏，捏完后脸色更难看了，回头看了看首领太监，立即转身退了出去。

李莲英匆忙走着，周围胡乱搜索的太监纷纷退开给他让路。首领太监不明刚才总管捏裆的意思，便请示李莲英。

李莲英脸色惨白地低声说道："这瀛台之上，除了皇帝就是太监,我刚才一捏,发现……有家伙,这……必定是皇上无疑。"

首领太监连连点头称是。

李莲英顿了顿,说道:"不行,万一是凶手自砍头颅呢?我还是要找人来辨认。"

首领太监接话道:"可皇上在宫中的旧人早在十年前就遣散了,何况此事重大,不敢让别人知道。"

李莲英说道:"隆裕皇后毕竟是皇后,身边也许有服侍过皇帝的人,你只要脱了皇帝衣服将身体细节慢慢辨认,悄悄去问,此事我只交给你一人,不可造次,你要亲自去问。"

首领太监连连点头称是。直到李莲英交代下来事情,他心里的石头才落了地。他生怕李莲英胆小,不敢担事,把自己牺牲出去。宫里的刑罚自己这把年纪可吃不消,死了倒好,就怕生不得死不能的。现在李莲英一吩咐事下来,他就明白自己已经和李莲英在同一条船上了。

李莲英随后又亲自带着太监搜遍了瀛台的所有房间,把所有的东西都翻了出来。连家具都搬开了,也找不到任何线索。房梁、房顶也上去搜过,连瓦片都揭了下来,地砖都掀了开来,每棵树都派人爬上去搜。由于是李莲英亲自督阵,众太监虽然害怕,也不敢造次,仗着人多,几个人一起上去,严严实实地搜了个遍,却什么都没发现,又派人拿来锄头挖地,也没发现什么。首领太监禀报,事发前还有红灯通信,到发现出事,前后不到一个时辰,绝不可能是临时挖了地道,李莲英这才没下令把瀛台挖穿。就这么一直闹到天亮，李莲英才派人冲洗地板，擦除血迹，把翻乱的东西收拾回去。

李莲英傻了眼，且不说刺客是怎么进来的。这瀛台吊桥入口，有自己的心腹首领太监亲自把守，只许进不许出。这里又没船，船还锁在船坞那儿。湖周围都密密地围上了侍卫，若有人游水，必定会被发现。这瀛台都来回搜了几圈，难道这个刺客能上天入地？怎么就没了呢？难道是挖了八年的地道，可刚才挖了半天也没看到入口啊？何况这瀛台四面环湖，湖名为南海。若要从下面挖过来，一不小心就会造成湖水倒灌。这南海湖广水深，上面能跑艨艟战舰，甲午年曾在湖上操练过海军军舰。当年光挖这个湖就耗了二十年，岂是个把年能挖穿的？

李莲英突然想起什么似的，立即招呼所有太监集合，几十名灰头土脸的太监排着队站在那里，李莲英一一亲自辨认，有不认识的也让边上的心腹首领太监去认，但辨认完，发现都是跟了自己多年的心腹。

他还是不放心，把已经排在边上的尸体辨认了一圈，可那些尸体全都血肉模糊，有些还身首分离，残肢遍地，即使找到了脑袋，可也搞不清谁是谁的，只知道洗干净后发现不是皇上的。李莲英不放心，把死人的脑袋和断肢一个个找出来，凑在尸体上，把人数来来回回数了两遍，跟当晚值班人数相同，又都确认一遍，确实都没气息了才放了心。

此时天色已亮，他吩咐首领太监先留下一个脑袋备用，把剩下的有头没头的尸体都运到内事房去,就说太监内讧斗殴死了人,也不说都是死的,只说有死有活,料想内事房也不敢多问。

此外,他还吩咐御膳房多运些冰块过来,幸而天气已经转寒,尸体不会马上发臭,把脑袋暂时一缝,且放在那里,只说皇帝病重,不能见光,不让人见;另派那夜当值的首领太监带人严密看守,又运了大量药材,在瀛台上煮,弄出各种味道,掩盖腥味,驱除蝇虫。

李莲英第二天又换了批人上去,天天在瀛台带刀巡视,也没发现什么。仔细查了花名册和周边的太监,也没发现有假冒太监的人,所以愈加觉得这不是人为,而是上天的意思。

过了三天,李莲英才差人去隆裕皇后那里打探,等了半天回来禀报说皇后已经确认,就是皇上本人。李莲英的心提到了嗓子眼,几天都没能睡踏实。幸而五天后,慈禧太后驾崩,李莲英赶紧跟着报丧,说皇帝也因病驾崩,找了个机会,用砒霜毒死了个身材类似的下人,偷换了尸体,出殡了事。

瀛台从此废弃,里面的东西都被太监偷偷运出来高价变卖了。

不久,新君溥仪登基,隆裕太后垂帘听政,李莲英等人被遣散出宫,此事便不了了之。

京城迎来了新春,城里富户家家挂起了红灯笼,穷人们四处燃放着爆竹。崇文门外的小胡同尽管破败,但最底层的人们也有享受这一年中最重要节日的权利,他们也四处放起了才从乡下倒腾来的各种爆竹，巨大的声响此起彼伏。

这爆竹声使得在这条胡同里昏迷的一个中年人缓缓地醒了过来，似乎经过了一场百年长梦，他终于睁开了眼睛。似幻似真之间，他看到了金碧辉煌，琼楼玉宇，百鸟朝凤，众星捧月；亭台楼阁之上，缓缓飘来一个少女，香气扑鼻，什么也不说，只是盈盈地对着他笑，他伸手去抓，却若即若离，仔细去看，又看不真切……再努力定睛一看，看到的却是一老一少两张忠厚朴实的脸。他挣扎着想再看，却感觉身上针扎一般地疼。这针扎的疼痛倒使他彻底清醒了过来，回到现实当中。

"别起来，是你弟弟把你托付给我们的，你受了这么重的伤，而且一直昏迷，我们差点以为你不行了，还好你醒了过来。你再好好休养两天，等雪停了，我们就送你去武昌。"老者说着，赶紧打发少年出去买只鸡，给这位少爷好好补补身子。老者说了好些宽慰人的话，又反复嘱咐好好歇息，这才慢慢退了出去。

中年人莫名地看着自己躺着的这个地方，破墙烂瓦，蓬草横生。再看看自己，睡在一床虽不能说是簇新但也算整齐的棉布被子里。掀开被子，看见自己身上有一条深深的刀疤，从肩膀一直延伸到腹部，而且自己的左臂也不见了。这里已经不再是那宫墙深重之地，也不再是他魂飞魄散之处，他仰天长叹，想起了那个梦，想起了那时的自己和那时的她。

"爱妃……"恍惚中，下体似乎还在隐隐作痛。

这一切都仿佛惊梦一场，一切似乎过去了千年。他想起了申戌年登基时的战战兢兢，想起了戊戌年变法时的慷慨激昂，想起了庚子年逃亡时痛失爱妃，想起了这些年在深宫中深陷囹圄，也想起了在瀛台上那最后一个晚上，那个惊心动魄的晚上……

就是那夜，那个勇士说出了让他至今都难以相信的计划。

因为赵二和皇帝的身材相似，年龄相仿，且身手过人，所以由载涛推荐给载泽，充当死士。载泽重金从法国人手里雇用了巴西制造的三翼四引擎飞机，装载单人袖珍潜艇，用六个人造气球装一些娃娃，故意引发混乱，将注意力吸引到西面。载泽知道军队中有曾经留洋的军官，这几个气球瞒不住他们，一定会被射下来。但是一旦枪声响起，必定引起宫里面的反应。慈禧年纪大了，肯定休息不好，被枪声吵醒，定会大怒，说不定会降旨斥责，甚至将当班参领就地拿问。这样会引起禁卫军更大的混乱，再不济也会禁止放枪，无论如何都会为后面的飞机空投制造空间和机会。

在此之前，载泽也只是在日本看到过一次飞机，当时也惊得目瞪口呆。这次便想到这个计划，从法国人那里雇用了飞机和飞行员，清国的普通士兵肯定没有见过这种东西，一定会慌张，等到反应过来，飞机已经飞到了瀛台上空。

然后从飞机上空投单人潜艇到南海。当时潜艇已经发明了十几年，足够先进，但是为了减轻重量，还是使用了最简易的单人人力驱动袖珍潜艇。这样避免了空投活人的危险，也避免了大冷天横游南海，耗尽体力，或被人发现的危险。

此后飞机向西飞去，吸引大多数人的注意，为潜艇的活动提供了掩护。赵二驱动潜艇到达岸边，从潜艇中出来，秘密潜入瀛台。这样宫墙和禁卫军就都解决了。

随即，赵二在瀛台大费周章，终于找到了皇帝，接下来就是这个计谋的高潮。

赵二出门杀掉了大多数太监，把其中一个太监的尸体藏了起来，只放跑了一个重伤的，随他去吊桥叫喊求救，自己则回到二楼皇帝处。他随身带了一个包袱，里面用油布包了一件合皇帝尺寸的太监衣服。他让皇帝穿上，然后自己穿上皇帝的衣服，这样从身材上来看，自己和皇帝就基本相似了，但是面貌完全不同。这里就使出了最毒的苦肉计。赵二用力砍了皇帝两刀，一刀划在胸口，一刀把左臂砍了下来，但立即给皇帝服食了大剂量的鸦片，并且根据洋人医生的教导，用丝线扎住动脉，然后撒大量止血粉。赵二坐定后，屏住一口真气，一刀将自己的头砍了下来。皇帝气喘吁吁，用尽最后的力气将赵二的头藏了起来，然后爬到走廊里，因为大剂量的鸦片，他已经进入了昏死状态，只能等待求救者带来援兵。

结果真如计划所算，事情太大，没找到凶手和脑袋之前，李莲英不敢随便张扬。赵二虽然不是皇帝，却是瀛台内除了太监之外，唯一一个身体和皇帝一样的人。原本宫中认识皇帝的人都被遣散尽了，珍妃已死，珍妃边上的人也都不在了，没人能认得出皇帝，只能找隆裕皇后。可谁料想，皇帝喜欢珍妃，厌恶皇后，隆裕皇后从来没和光绪皇帝同过房，这些事情都瞒着外面。李莲英差人来打探,隆裕身边的人只能替主子掩丑。隆裕只当是李莲英想把自己没和皇帝同房这件事情暴露出来,动摇自己将来的位置,才来追问细节,只推说"知道""确认"。一等新君登基,自己垂帘,就下旨把李莲英一干人等全部遣散出宫去了。

当晚,已经昏迷并假死的皇帝和其他尸体一起,被连夜运出了皇宫,送到了太监们的坟场恩济庄。那里早已经被载泽打通关系,皇帝的棺材用别的棺材调换过,他们又在北京城胡同里七绕八拐了半天,确认无人跟踪,才运回崇文门外,在老少爷孙两人处安置休养,又塞了好些银子。

于是,光绪皇帝,爱新觉罗·载湉昏迷了几个月,直到今天才醒了过来。

自由了。可曾经的帝王却觉得自己的心和身体一样已经伤痕累累,如废物一般。每天躺在床上,了无生趣。只是想到那夜为了救出自己,当着自己的面微笑着亲手砍下自己头颅的勇士,才有了些活下去的动力。

此间听说宫里面另立了新君,载沣如愿当了摄政王,载洵代理了海军大臣,载涛成了禁卫军头领,载泽则封了总理大臣,作为使臣出国宣布新君上位去了。另外据说载泽派来的人又偷偷塞了些银子,给了一张帖子和一个药丸,里面存有证明载湉身份的密信,让载湉贴身存放,一旦事有败露,就吞下药丸,毁灭证据。按原定计划,载湉要先到武昌,找到湖广总督张之洞,再从长计议。

直到当年夏初，载湉才觉得自己身体好了些，起床来活动，看看爷孙俩打铁，有时也跟着小孙子上上街，手边有银子，就常买些生活用品和家具回家。有一天让人搬回来一张红木八仙桌和四张椅子，当爷爷的却把孙子好一顿臭骂。载湉颇不好意思，关键是他不愿意老坐在床上吃饭，跟着爷孙蹲在地上吃又实在是吃不消，才差人买了桌椅回来。载湉反复赔罪才哄走了老爷子，第二天又偷偷给孙子买了个小玉兔，怂恿小孙子给隔壁的小姑娘送去。看着小孙子一张涨红的脸，和小姑娘激动兴奋的眼神，载湉这才感觉自己还是个活物，不禁又想到了十九年前初冬时的自己，和那个低头站在自己面前的珍美人……

就这样过了三个月，载湉每天在京城四处闲逛，听听戏，买买东西，所有吃穿用度，都有爷孙俩操持，倒也自在。只是总时不时觉得头晕目眩，浑身无力，恶心，头痛。爷孙俩以为他水土不服的毛病又来了，就赶紧准备南下。

于是直到秋风吹起，三人才启程。

载湉体弱，虽然已经不妨碍行走，但毕竟在深宫里长大，又在瀛台关了八年，平时走动不多，但凡走远点都有太监用八抬轿子抬着，现在的他，根本走不了山路。爷孙俩只当是官宦子弟不能走路，一路都尽量陪着，或雇轿子。但载湉头痛的毛病愈发厉害，有时候甚至浑身燥痛，呕吐不止，爷孙俩只能赶紧停下来，让载湉卧床休息。一般不到一天就好，过了一两天又犯，只能再停下来。就这么走一天，停一天，等到了武昌，早已过了第二年的夏天。

在武昌一家客栈里，载湉的毛病又犯了，躺在床上呕吐不止，爷孙俩明知没用，还是请了大夫。到底是南方大城镇里的大夫，见多识广，一眼就看了出来，开了每服十两银子的药方，让孙子去西药房买药，拿回来一吃就好，反而比先前还精神了不少。

载湉根据先前在京城载泽派人送的帖子，一早就去了湖广总督府，门口衙役见了这独臂书生和一老一少，便狗眼看人低，只推说总督大人不在，不肯递入。直到老爷子领会，塞了两次银子，衙役掂了掂银子分量才懒洋洋地走了进去。载湉不由得长叹一声，原来百姓之于官府，正如丧家之犬，官府真是衙门面南开，只认银子不认人，就连这堂堂地方一品大员总督衙门都是如此。

不到一杆烟的工夫，那个衙役连奔带跑地回来，作揖不止，赶忙带入，一路上不仅退回了所有的银子，还另外给老爷子和孙子塞银子。两人哪里敢收，衙役便只得连连作揖以示赔罪。

一到大厅就有个穿着便服的方脸男子出门迎接见礼。载湉不认得此人，只以为是门官。他早习惯了众大臣的三跪九叩之礼，当老百姓时不见礼也就随便了，到现在一见礼，却反而不习惯起来，只慌忙挥手说了一声"罢了"，就走了进去。爷孙俩也不知如何，便低着头跟了进去。对方摸不准来路，只道来者是皇城大内里来的达官贵人、皇亲国戚，连仆人都如此大胆，更摸不着门路了，只能笑脸相陪。

两人坐下来看茶聊天，载湉才知道对方是新任湖广总督瑞澄，再问张之洞大人，原来早在当年五月就因病请辞，回了家乡。载湉不禁愕然，只得胡乱说了几句话便告辞。瑞澄忙说已经备下宴席，硬是拉着载湉一起吃午饭，顺便探问京城民风、朝廷情况。载湉毕竟从小在大内长大，且久住瀛台，民风之类当然一概不明。但他身为皇帝，自然勤学苦读，熟谙经典，也主持政务多年，言语又颇为得当，几句话说下来就让瑞澄刮目相看，只当对方必定是巨宦之家出身，又有载泽的信打了前站，便马上有了巴结之心。

其实当初载泽得知张之洞病退、新总督上任时，载湉已经在路上，不好通知，就赶紧拍电报给新任总督，又亲自写信，让他好好照顾持自己名帖上门的人，暂时先安排在武昌居住，等京城有了公差再行安排。

瑞澄看载泽口气，便估计对方不是贝勒，也是个贝子，出来打秋风，只是大清律皇亲不得圣旨不能出京，才故意不说明身份，瞒着外人。

到吃完午饭，瑞澄递上载泽的信和电报，载湉看了一阵感激，可不久就开始哈欠连天，推辞要走。瑞澄一看就明白了，差人递上白银黄金各百两，又奉上一大包"补品"并安排车具，请载湉搬出原来的小客栈，在官府行馆住下。

载湉到了行馆，服了"补品"才好，如此每天拜见本地名流，读书写字，在湖北厮混一年，却不见京城任何消息。载湉的毛病越来越重，每天依靠总督府送来的"补品"过日子，身体却越来越弱了。爷孙俩陪着住了半年，毕竟不是家乡，实在不愿多留，就辞别回了京城。载湉依依不舍送了好远，又赠了好些金银。

到了第二年，也就是宣统三年，形势大变，清廷以铁路国有之名，将已归民间所有的川汉、粤汉铁路筑路权收归"国有"，又马上出卖给英、法、德、美四国银行，激起湘、鄂、粤、川等省百姓的强烈反对，掀起了保路运动。随即武昌起义爆发，瑞澄逃出武昌，十八省纷纷独立，载洵也被人从行馆中轰了出来，不知去哪里才好……

如此混乱了半年之后，便到了宣统四年。迫于袁世凯的压力，清帝退位，满清王朝彻底灭亡。

北京的冬夜，大雪纷飞。街头巷尾贴满了大字报，不断有人在街上跑来跑去。

地安门外的一座名为泽公府的行馆一隅，载泽正和载涛密会。

"可惜我等百般努力救出皇上，还未等安排妥当，我大清竟然就亡了。"载涛痛哭道。

"若我等早些动手，也不会落得如此下场，现在兵荒马乱，皇上远在南方，也不知究竟去哪儿了，"载泽叹气道，"皇上身体羸弱，而且，现在一定是毒瘾缠身，若没了银子，买不到鸦片，这百蚁挠心的痛苦，怎么挨得过去？"

载涛惊问道："鸦片？皇上怎么会吸食鸦片？"

载泽痛心地点了点头，说道："我的罪过啊！那时，为了能让皇上挨过那一刀，我让赵二给皇上服用了鸦片！"

"鸦片有镇静止痛的作用，所以瘦弱的皇帝才能在挨完刀后没有立即昏迷,有时间把赵二的头颅藏起来。何况一定量鸦片的麻醉作用可以使人的气息和脉搏极其微弱,仿佛死了一般,这才躲过了李莲英等人的眼睛,装成尸体运了出来。"载泽缓缓说道。

"五哥怎知鸦片有如此功效?难道五哥也吸食鸦片?"载涛惊问。

载泽点头说道:"非我愿意,只是那年我等五大臣出洋,遇革命党人刺杀,我身受重伤,疼痛难忍,在西式医院不得不用鸦片麻醉,从此摆脱不得。下了大功夫去戒,过了许久才戒掉,这才知道了鸦片的厉害。此次若不是情不得已,万万不敢用它,谁知反倒害了皇上。我原本想接到皇上再进行医治,可现在……"

载涛低头愣了半响,又说:"我还有一事不明,我听后来遣散出来的太监说,那夜李莲英率人把瀛台翻了个底朝天,甚至连地砖都刨开了,也没看到凶手。李莲英是何等精细之人,一定反复把活人死人都亲自点过一遍。那赵二死在里面,多了一具尸首,他必须藏一个太监的尸首。这皇帝身受重伤,匆忙间藏匿的首级,怎么就找不到呢?难道放石头沉水里了?可这日子一长,肯定会浮出来啊!何况当时已经有人冲上瀛台,这头颅肯定抛不远,一定会被发现。五哥,你当时只说让皇帝去藏,却未说藏在哪里啊!"

载泽苦笑道:"不是你亲口说知道的吗?皇帝平日在瀛台无事可做,只会摆弄洋人的座钟,据我所知,这洋人的座钟是需要工具才能打开的……"

载涛恍然大悟,原来是座钟。这东西只有皇帝会摆弄,别的太

181

监，就算是李莲英也不知道怎么打开。皇帝随便找一台中等大小的钟，把里面的机芯拆出来，扔到另一个钟里，再放入头颅，将外罩罩上。匆忙之间，太监们是顾不上看钟走不走的。

同样处理另一个太监的尸体，还有赵二的夜行服也是这样，放在不同的座钟里面，没人知道怎么去打开，也想不到去查看。这样就保证了太监人数一致。当时遍地尸体，满屋的血迹，太监们也定然看不出这钟上染的血和地上的血有什么差别，等将来皇帝一死，他的东西都会被太监拿走偷卖掉，流落民间，即使打开看到尸首，民间也只会将其视作宫内奇闻，只是私下流传，不会报官。

"五哥好计谋啊，只可惜……"

"只可惜功亏一篑，实在是让人痛心、痛心啊！"说着，载泽竟然流下泪来。

载涛劝解道："事已至此，五哥不必多想，你有如此好的头脑，我等召集在京满人，东山再起，定有时日。"

载泽抬头大声说道："我辈决不能弃祖宗江山不顾，载涛你马上召集载洵、启刚，我要组建宗社党，光复大清，至死不渝！"

说到此时，忽听得窗外"轰"的一声巨响，此时已经是民国了，不比大清国时，两个遗老遗少惴惴不安了好一阵才走出门来看，却是一棵老树的枯枝，顶不住漫天大雪的积压，折断了，重重地摔在地上，所以发出了巨响。

两人抬头来看，这漫天的大雪完全没有停歇的意思，反而越下越大,把整个北方都严严实实地包裹了起来。积雪在月光下,映射出闪闪的白光,把世界照得如白昼一般通亮。

玻璃之家

时 晨

一

根据笔记的记录，这个可怕的故事发生在去年 11 月底。那时，离我从拿山村回到上海，已经过去三个多月。

昨天陈爝从印度回国，一直到下午 2 点都还没有起床的迹象，所以我就点了一人份的意大利面，坐在餐桌前对着笔记本电脑边看剧边吃。

至于他为何要去印度，我也不太清楚。了解陈爝的读者应该知道，这家伙做事总是神神秘秘，就算问了也是白问，一说到重点就顾左右而言他。从另一个方面讲，也可能是对我比较防备。对待室友都如此，可见其心机之深，令人发指。

说来也巧，正当我把最后一根意大利面吸进嘴里时，屋外的门铃忽然响起。

我放下手里的餐叉，跑去院子外开门。刚打开房门，就感受到一股冷冽的凉风扑面而来，此时我身上只穿了一件衬衣，单薄得很。我紧缩着脖子，三步并作两步跑过去，拉开了铁门的插销，见到了门外的唐薇警官。

"韩晋老师,你再晚来一步,我就要冻死在门口了!"

唐薇因为寒冷,整个人缩成一团,不停地跺着双脚。看来她身上的风衣和脖子上的围巾也不足以抵挡这突如其来的降温。

"快进来吧!"我刚让出身位,唐薇就快步走向屋子,看都不看我一眼。

瞧她这么急切的模样,对于她来这里的目的,我已经猜到了六七成。

"屋里好暖和啊!我活过来了,"唐薇一进屋就倒在沙发上,不停地搓着双手,"韩晋老师,我要热可可,烫一点的,谢谢!"

"你还真不客气呢!"我苦笑着走向厨房,替她准备饮料。

话说随着唐薇警官来思南路居所拜访的次数越来越多,我们之间也抛却了之前的繁文缛节,渐渐熟络起来。尽管每次见到唐薇,陈爝嘴上总是嫌麻烦,让唐薇不要来,但我看得出他内心还挺乐意帮忙的,典型的"口嫌体正直"。他究竟是对案件有兴趣,还是对唐警官有兴趣,这我就不得而知了。

"他人呢?"唐薇游目四顾,却没见到陈爝。

这是当然,因为陈爝此时正在楼上的卧室里呼呼大睡,恐怕不到天黑不会起床。

"昨天夜里刚回国,正在卧室补觉呢。对了,你要不要加棉花糖?"我问。

"加!不加棉花糖的热可可,是没有灵魂的!"唐薇回了一句,接着又说,"陈爝又出国了?这次去了哪里?"

"印度，"我耸了耸肩，"你别问我他去干了什么，我可不知道。"

"哟，难道他信了佛教，去印度朝圣了吗？"唐薇一脸坏笑地看着我，"陈教授要是入了佛门，估计方丈也要被他给烦死了。"

"说实话，我还真想看看那个场面。"我把装着热可可的杯子递给了唐薇。

唐薇接过杯子，然后学着陈爝的口吻说："方丈，佛说一杯水里有八万四千个众生，请问佛当年没有显微镜，他是怎么算得如此精准的？"

她把陈爝说教时的神态学得惟妙惟肖，我被逗得大笑起来。

"好吵啊！"

我和唐薇闻声望去，只见陈爝一脸愠怒地站在楼梯口，看着我们，身上还穿着睡衣。唐薇见到陈爝的样子，差点惊呼出声。

"你……你是谁？"

也难怪她这么惊讶，昨天夜里我的反应比她好不了多少。

陈爝睡眼惺忪地打了个哈欠，伸手挠了挠他那头乱糟糟、好久没修剪的头发，脸上的胡子已经长成胡须，多到几乎遮住了他半张脸。好在此时他身上至少换了套睡衣，昨夜刚见到他的时候，他身上的衣服破烂得像一个路边乞讨的乞丐。

"发生了什么事？"唐薇又追问了一句，"难道你失恋了？"

她的问题和我昨夜问的一样。

"只有韩晋这种人才会为了爱情折腾自己。"

陈爝每次谈到感情的话题，总会扯到我的身上，仿佛我是一个花痴。

"我哪有？"我抗议道，"说得我像个渣男一样！"

"你不是渣男，你是情圣。"陈爝揶揄道。

我听了很不是滋味，但一时又想不出该如何反驳才好。

其实每次和陈爝辩论都会出现这样的情况，明明感觉自己有理，却又说不出口。好几次都是躺在床上准备入睡时，脑中才会出现一大堆反驳的辩词，可为时已晚。

"好啦，你们不要争论了。我这次来，是因为最近发生了一件很奇怪的案件，想听听你们的意见。"唐薇虽然口中说的是"你们"，但眼睛却一直盯着陈爝。

当然，这种事情我早就已经习惯了。

"耳朵都快听出茧子来了，"陈爝走下楼梯，坐在沙发对面的扶手椅上，"韩晋，我要一杯黑咖啡，谢谢。"

"你自己没有手吗？"我气愤地站起身，去厨房为他准备咖啡。

唐薇的目光在我和陈爝之间来回切换，然后意味深长地说："其实我一直在想，你们两个性格爱好差距那么大，为什么可以成为朋友？现在我终于明白了。"

"严格来说，我和韩晋算不上朋友。"陈爝冷漠地说。

"好啦，你们是不是朋友都和我没关系。"

唐薇边说边从手提包里取出一沓案卷和一个小巧的玻璃摆设，放在了茶几上。

这个玻璃摆设的造型是一只天鹅，栩栩如生，看得出工艺非常精湛。

"我刚从印度回来，感觉整个人的精神状态不太好。"

"你会感兴趣的，"唐薇伸出手，把案卷朝陈爝的方向推了推，"我敢打赌，你从未见过这样的案发现场。"

陈爝听了唐薇的话，略有些不服，随手拿起桌上的一张现场照片，瞥了一眼。

我也忍不住放下手里的咖啡壶，把头凑了过去。

照片上，一个女子俯卧在地上，而在她身边，铺满了一层闪闪发亮的玻璃碎片。

"你们见过玻璃密室吗？"唐薇问道。

二

案件发生的时间，是昨天凌晨。

当时警方接到一起报案，说有人在房内自杀，于是唐薇带着几个下属出警，赶到案发住宅区的时候，是凌晨 4 点整。

案发现场在三楼。唐薇上楼后，发现房门紧闭，屋内报警的人说无法出来开门，所以只能暴力破门。但是当她推开门的时候，明显听见一阵哗啦声，是推动房门后玻璃碎片所发出的声音。

"救命啊！救命啊！"房门才推开一条缝隙，屋内就传来了呼救声。

待房门完全敞开后，一个诡异的场景展现在众位刑警面前。客厅的地毯上铺满了玻璃碎片，客厅中央俯卧着一个女子，脖颈里流出了许多鲜血，似乎已经没有了生命迹象。女子四周有很多玻璃碎片，其中有一块带血的三角形玻璃片，体积比其他玻璃碎片更大，很可能是凶器。

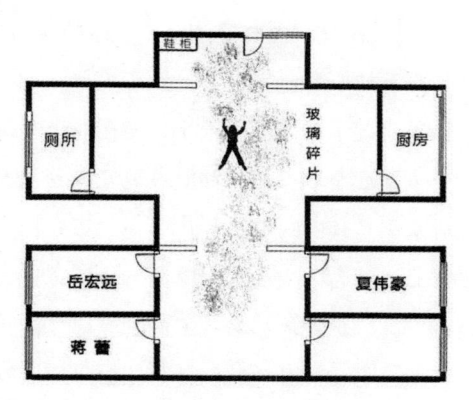

唐薇快步跑上前去，脚底踩在玻璃碎片上，发出"咔嚓咔嚓"的声响。

来到女子身旁，她蹲下身子，伸手去探女子的静脉。

没救了……

根据她的经验，死者起码断气两个小时以上。

"警察同志，你们终于来了！"

唐薇循声望去，发现客厅的尽头有四间卧室。左右三间各伸出一个脑袋看着她。原来除了死者之外，还有两男一女躲在自己的卧室里。这三人分别是经纪人蒋蕾、广告公司的创意总监岳宏远和青年画家夏伟豪，他们都是赵心水请来做客的朋友。

见到这个场面，连一向处事不惊的唐薇都蒙了，她完全搞不清楚这里究竟发生了什么，直到他们三人穿好了鞋子，从屋子里走出来。

根据后续调查，死者名叫赵心水，今年30岁，是一名玻璃艺术家。死因是颈动脉破裂，失血过多而亡。而她身边的玻璃碎片，则是她最新"作品"的原料。

在国内，做玻璃艺术品的圈子很小，能在业余坚持做玻璃的大约也就百十来个人，而全职投入的独立玻璃匠人和艺术家，可能还不到十个，赵心水则是其中的佼佼者。

赵心水的玻璃艺术品，是通过切割玻璃体来创建重叠的结构，随着观赏角度的变化，玻璃体会呈现不同的光影变化，光线在这之间相互反射或折射，形成一种独特的视觉体验。所以赵心水的作品甫一推出，就引起了艺术圈很大的反响，甚至就连欧洲的《艺术家》杂志都有专刊介绍她的成就。

当天夜里，赵心水约了三位朋友来家里聚餐，因为聊得尽兴，所以提议留大家在家里过夜。这四个人都是手机游戏爱好者，便约好打一款名为"水浒猎人"的手机游戏。吃过晚餐，大约11点左右，赵心水觉得有些累，建议先睡一会儿，凌晨2点起床再继续打。大家都觉得有些疲乏，也就都没有什么异议，于是各自回到卧室休息。其中一个人负责调好闹铃，到点打电话叫大家起床。

到了凌晨2点，三个人都醒了过来，却发现赵心水还没起床。他们原本打算去房间里叫醒她，但最后还是放弃了。他们想让最近疲劳过度的赵心水好好休息,于是三个人开始联网玩游戏。游戏大约进行了一个小时,三个人忽然听见门外一阵噼里啪啦的声响,是玻璃被敲碎的声音。他们闻声推开卧室的房门,就在这个时候,三个人又听见了客厅大门被关上的声音。由于声音很大,他们均表示不可能听错。

当他们打算离开卧室的时候,却发现走道和客厅的地上都是玻璃碎片,根本无法下脚。因为赵心水家的地上铺了昂贵的地毯,所以大家都没有穿拖鞋,鞋子都在门口的鞋柜里面。尽管没有出卧室,但大家都看见了倒在碎玻璃之中的赵心水。当然,也看到了从她脖子流出的大量血液。

三个人对着赵心水呼喊了几声,但没有收到回馈,于是决定打电话叫救护车,并且同时报警。

因为玻璃碎片上没有明显的踩踏痕迹,所以在报警的时候只说是自杀。

但这个案件有几个疑点。

首先,现场勘查人员在死者赵心水的背上发现了玻璃碎片。如果是自杀的话,碎片没理由会掉在背上,所以警方当时推断,玻璃艺术品很有可能是在赵心水倒下之后才砸碎的。那样的话,赵心水在玻璃被砸碎之后才自杀的结论就有问题。

假设是外来犯罪呢?

那么就会遇到一个更大的问题——客厅的大门是如何关上的?

毕竟,唐薇在推门的时候,明显感觉到了门后玻璃碎片的阻碍，而且还听见了玻璃碎片被推动时发出的刺耳声音，所以应该不存在凶手在杀完人之后敲碎玻璃离开现场的情况。因为在关上门之后，他无法将屋内的玻璃碎片全部堆到门后。

"密室杀人？"听到这里，我不禁发出了惊叹。

"对，我当时也是这么想的。"

"那会不会是这样？因为死者四周的玻璃碎片上没有明显的踩踏痕迹，而且门后有大量堆积的玻璃碎渣，这是不是说明凶手是一边砸碎玻璃一边往后退，最后退回到自己的卧室。也就是说，凶手就是屋内三个人中的一个。"

我灵光一闪，想到了这种可能性。

在此之前，我从未能抢在陈爝之前找到答案，所以当我说出这段推理的时候，还颇有些自得。

但唐薇听了之后，却只是平淡地说："韩晋老师所提出的这种可能性，我们已经考虑过了。很可惜，这恐怕不是最后的真相。"

我顿感泄气，但还是忍不住问："为什么？"

唐薇回答道："如果凶手采取的是这种方式，那么凶手一定是屋内三个嫌疑人中的一个，没错吧？可是玻璃艺术品被砸碎的时候，所有人都在房间里，在听见破碎声音的瞬间，几乎同时打开了卧室的门。也就是说，凶手不可能有这么快的速度。更何况在打开门之后，他们才听见客厅大门关上的声音。他们只是普通的人类，又不是闪电侠。"

"那会不会是共犯呢？三个人都是凶手？"我还是不肯放弃。

"这个情况，我们也考虑过，"唐薇虽然是在回答我的问题，却把视线投向了陈爝，"根据三个人的口供，玻璃破碎和客厅大门关上几乎是同时发生的，三个人都不约而同地看了手表，时间是凌晨3点10分。那个时候，赵心水楼上的一位男性租户正巧上楼，在路过赵心水家门口时亲眼看见了客厅大门关上的瞬间。那位租户一边走一边看球赛的直播，有球员正好打入一颗点球。我们去确认过，破门的时间是3点11分。换言之，如果男性租户没有说谎，那么他们就不可能串谋杀死赵心水。"

　　我彻底无语了。按照唐薇所言，那么这就是一起不折不扣的不可能犯罪。

　　这时，我把目光转向了陈爝。

　　"有趣！"陈爝雀跃地说，"这个案子实在太有趣了！"

　　果然不出所料。

<h2 style="text-align:center">三</h2>

　　为了搞清楚事情的原委，唐薇带着我和陈爝来到了案发现场。

　　出门之前，陈爝洗了个热水澡，顺便把脸上杂乱的胡须刮干净，露出了白净的脸颊。他在印度留的那一头乱发，也被他梳了个侧分，再配上一身合体的西装，俨然一位英伦绅士，与昨天刚到家时的乞丐打扮相比，简直有天壤之别。

　　唐薇上下打量着陈爝，笑着说："这还差不多。"

　　我们上了唐薇的车，大约用了三十分钟才到达目的地。

若不是房间门口拉着警戒线,恐怕谁都不会想到这里曾发生过这么可怕的杀人事件。

和唐薇此前提供的现场照片一样,这间屋子作为知名艺术家的住所,并不算很大,也就七八十平方米,不过由于地处闹市区,地段还算不错。为了方便取证,原本散落在地上的玻璃碎片基本都被警方清理了,不过还是用胶带标记了证物和尸体的大体位置。

陈爔在客厅里来回踱步,低头观察着地上玻璃碎片的痕迹。

"凶器找到了没有?"我转过头去问身后的唐薇。

"找到了,就在被害人的尸体边上,是一块三角形的玻璃片,刃口检测出大量的血液,而且与颈部的伤口吻合。"

"用玻璃碎片作为凶器啊?凶手这么干,难道不怕割到自己的手吗?"

"所以我们推测,凶手应该戴着手套。"

"屋里找到手套了吗?"我又问。

"有啊,在厨房里。就是那种防止手掌被热锅和热碗烫伤的隔热手套。"唐薇怕我不明白,还伸手比画了一下。

"手套上有被玻璃割坏的痕迹吗?"

"暂时还没发现。不过相比普通手套,这种手套所用的材质十分坚固,就算凶手戴着手套割开被害人的脖子,玻璃刃口也未必能够在手套表面留下明显的痕迹。"

"不能排除凶手用过的可能吧?"

"嗯。"唐薇不置可否地点了点头。

虽然在和我说话,但她的目光还是没有离开陈爝的背影。

我知道她把破案的希望都寄托在陈爝的身上,但是对我提出的建议置若罔闻,未免有些厚此薄彼了。想到此处,我心里颇有些微词,不禁用略带刁难的口气对陈爝说:"怎么样?你知道真相了吗?"

陈爝抱着双臂,沉吟道:"凶手用了什么手法,我暂时还没有想明白。不过凶手是哪个人,我已经知道了。"

"什么?"我瞪大双眼,不敢相信自己的耳朵,"你在开玩笑吗?"

"我像在开玩笑吗?"陈爝用手指了指自己的脸。

"凶手是谁?"唐薇忙问。

陈爝并没有回答,只是双手一摊,像是在说:无可奉告!

这种场面,我和唐薇早已习惯了。因为害怕自己的推理出现漏洞,一般情况下,陈爝只有把所有事情都搞清楚之后,才会揭晓真相。

"你可以不把凶手的名字告诉我,但是我想知道,赵心水究竟是死于外人之手,还是被三个朋友中的某个人害死的?"唐薇改变了问题的方向。

陈爝顿了顿,才说:"不是外来犯罪。"

其实不用陈爝说我也知道,外来罪犯的可能性很小。毕竟在案发的时候,楼上有租客亲眼看见大门关上,如果是外来犯罪的话,不可能逃过租客的眼睛。

可如此一来，案件就真的变成"不可能犯罪"了！

"但是在案发的时候，他们三个人同时打开了门，也同时听见客厅大门关上的声音，凶手是怎么做到的呢？"唐薇说出了我心底的疑问。

"凶手一定使用了我们不知道的手法。"陈爝紧锁眉头。

"这也太难了吧？地上还铺满了碎玻璃片呢！况且他们都没有穿鞋，脚上只穿了袜子，踩上去的话，脚底一定会被扎破吧？"说完，我又问唐薇，"警方有没有检查过他们的脚底？"

"嗯，王莉也提到了这点。可是，他们三个人的脚底都没有受伤。"

唐薇口中的"王莉"是她的下属，一个性格活泼的女警，我曾在现场见过几次。

"正如韩晋老师所言，凶手如何在不踩到玻璃碎片的情况下实施犯罪，才是目前最大的问题。除非有远程操控的装置，比如在杆子上装了玻璃碎片，刺死被害人之后，再利用长杆把门关上……"说到这里，唐薇突然发现我和陈爝都在看着她，顿时脸色泛红，"哎呀！你们干吗用这种看弱智的眼神看着我？我只是打个比方，当然知道这是不可行的！"

"我还以为你不知道呢。这种程度的推理，就像是从韩晋口中说出来的一样。"

陈爝不会放过任何挖苦我的机会。

"那你倒是说说，凶手是如何办到的？"我不服道。

"不知道。"

"你看,连你自己都不知道,还有脸嘲笑别人的推理?"我得意扬扬地说。难得有机会对陈爝穷追猛打,我自然也不会错过。

"不过,这只是暂时的。凶手一定用了某种装置,只是我暂时还没想到,如何在启动杀人装置之后,再将装置……"陈爝说到一半,忽然愣住了。

他眼睛直勾勾地看着地面,像是看见了什么不得了的东西。

我伸出手在陈爝眼前挥了挥:"你傻了?"

这时,陈爝取出之前唐薇带来的案卷,翻到了嫌疑人口供那一页。

"怎么了?"我问。

陈爝没有理我,而是问唐薇:"赵心水下一个作品是什么?"

"好像叫什么'水晶魔方'……"唐薇想了半天才想起来。

"是不是用很多玻璃板组成的?"

"没错,是用长150厘米、宽80厘米、厚6厘米左右的透明玻璃板组成。"

"我知道了……"

"什么?"

"我知道凶手的犯罪手法了,"陈爝一副成竹在胸的模样,"这真是异想天开的犯罪手法!韩晋,如果你要创作推理小说,记得一定要把这次的案件写下来!"

"凶手用了什么手法?"唐薇比我还着急。

陈燏当然不会提前透露自己的推理，而是说："在此之前，我还要见一下那三位嫌疑人，确认一下自己的推理是不是有错误。"

"你不是已经知道凶手的身份了吗？为什么还要去见他们？"我问道。

"我确实说过我知道凶手是谁，但凶手的身份我还不清楚，一定要亲自见一见他们才可以确定，"陈燏侧过身子，把目光转向唐薇，"怎么样，唐警官，你能不能安排一下？"

四

蒋蕾长了一张瓜子脸，长发披肩，五官十分秀气，看上去不过二十出头的样子。如果她自己不说的话，没人会猜到她今年已经快三十二岁了。

蒋蕾是湖南人，大学毕业后来到上海，一直混迹于艺术圈。认识赵心水之后，发现自己和她特别聊得来，密切交往一段日子后就成了她的经纪人。这些年，蒋蕾尽心尽力地为她争取资源和人脉，所以，对于赵心水在艺术领域取得的成功，蒋蕾功不可没。

我们和她约在一家商场一楼的咖啡馆。可能是工作日的关系，咖啡馆里的客人并不多。

"该说的我都已经和警方说了，不知道你们为什么还来找我？"蒋蕾说话时低着头，声音虽然很轻，但言语中充满了责备的意味。

"你应该也希望赵心水女士在天之灵能够早日得到安宁吧？所以希望你能积极配合我们的工作，这样就能更快地把凶手缉拿归案。这样不好吗?"

面对唐薇的反问,蒋蕾冷笑一声:"不论怎么看,她都是自杀,我实在搞不明白,你们警察为什么一直认为心水是被别人杀害的呢?"

"你不觉得这种可能性很高吗?"

"完全不可能。因为楼上的租客亲眼看见门是从屋子里面关上的,当时并没有人从屋子里出去,"蒋蕾猛地抬起头,直视唐薇,"你别以为我什么都不知道!"

听到这里,陈爔突然插嘴道:"你觉得赵心水是自杀?"

"没错。"蒋蕾把目光移到了陈爔身上,语气也变得温柔不少。

"为什么会这样觉得?"

"心水最近心情很糟糕,这是大家都知道的。你们如果不信,可以去查。"

很明显,她最后那句话,是故意说给唐薇听的。

"心情为什么会糟糕呢?"陈爔又问。

"因为她最近创作的一批作品受到了冷落。但我觉得这很正常,每个艺术家都有自己的创作高峰和低潮,过去就好了。谁知道她……"蒋蕾重重地叹了口气。

"冷落的意思是?"

"比如她最新的一个作品,就被很多艺术评论家贬得一文不值,他们认为很低俗。不仅如此,因为这次作品的表现形式十分前卫,在网上也引起了轩然大波,不少网友在没看明白的情况下,就用非常粗鲁的语言来辱骂心水,说她伤风败俗。"

"她什么反应?"

"刚看到的时候当然是不以为然,可她毕竟是个女孩,哪里见过这种场面?我越是劝她别看,她就越想看。甚至还有网友在她微博下面留言,说的话字字如刀,扎在她的心里。"

蒋蕾说到伤心处,潸然泪下,声音不禁有些哽咽。

"所以你觉得,她是因为受不了网络暴力,所以选择了自杀?"

"没错。"

陈爝点点头,又问道:"在案发当天,赵心水有没有什么异常表现?比方说心情低落,随时准备去死的样子?"

"这倒没有,还挺自然的。"

"那天和你一起住在赵心水家的,还有岳宏远和夏伟豪,是不是?"这次提问的人是唐薇。

"是啊。"蒋蕾点头道。

"你之前认识他们吗?"

"夏伟豪是个画家,我和他很早就认识了。至于岳宏远,只见过两三次,都是在心水家里。严格来说,算不上熟人。"

"他们和赵心水的关系怎么样?"

听到这个问题,蒋蕾忽然一愣。看她脸上的表情,好像在犹豫要不要说实话。

唐薇瞧出她在犹豫,立刻说:"其实你就算不说,我们也能查得到。所以还是希望你把知道的事情都告诉我们,也好提高大家的沟通效率。"这话说是提醒，实则更像警告。

蒋蕾踌躇了一会儿，才缓缓道："岳宏远是赵心水的男友。"

"男友？"唐薇瞪大了双眼，用难以置信的口吻说，"他不是已经结婚了吗？"

"没错，岳宏远已经结婚了。"蒋蕾用力地点了点头。

"你的意思是，赵心水和岳宏远有婚外情？"唐薇皱起眉，"这算哪门子的男友？分明是情人关系吧？"

见唐薇反应如此之大，我不由得插嘴道："唐警官，你也太少见多怪了！"

"我少见多怪？"唐薇深吸了一口气，"那是你思想不正确！这种事……你难道觉得很正常吗？难道你表示理解？"

"不是啊！我没有表示理解，我只是觉得，这种情况很多……"我连忙摆手道。

陈燨见唐薇竟把对岳宏远的厌恶转移到了我的身上，赶紧打圆场："唐警官没怎么谈过恋爱，对人性还抱有很多幻想，你就别和她辩了。"

听了陈燨的话，唐薇气得脸都涨红了，但一想到自己正在调查嫌疑人，便只好调整情绪，继续询问蒋蕾。

"是岳宏远主动追求赵心水的吗？"

"这我就不清楚了，"蒋蕾摇了摇头，"不过……"

"不过什么？"唐薇看她说话支支吾吾，颇有些不耐烦。

"岳宏远最近向心水提出了分手。"

"为什么？"

"具体情况心水也没有说，可能新鲜感过了，感觉腻了，又或者是他觉得对不起自己的妻子吧！男人不都是这个样子的吗？喜新厌旧！"

陈燨笑着看了看我。这个观点我虽然不同意，但因为忌惮唐薇，也不敢发表什么意见，只能回瞪陈燨两眼，以示反抗。

"岳宏远和赵心水是怎么认识的，你知道吗？"唐薇问道。

"岳宏远是一家广告公司的创意总监，心水曾和他们公司有过合作，共同推广过一个法国红酒品牌。工作上一来二去，两个人就这么认识了。岳宏远这人虽然其貌不扬，但口才特别好，尤其对付女人很有一手。"

"果然是个渣男。"唐薇冷冷地说道。

不知为何，每次听见唐薇说"渣男"两个字，都感觉像在骂我。

"岳宏远提出分手，赵心水有什么反应？"陈燨问道。

"当然是拒绝啦！我能看得出她很爱岳宏远，什么都愿意为他付出。可岳宏远却非常为难，毕竟这件事要是被他老婆知道了，一定会闹得他身败名裂。所以这次来赵心水家聚餐，也是为了说服她放手，将来找一个更好的男人结婚。"

听完蒋蕾这段话，唐薇和陈燨不约而同地朝对方看了一眼。

五

易凯广告公司位于静安寺附近的一栋商务楼中。

我们来到商务楼门口时，正好看到岳宏远在大厅里等电梯。他本人看上去四十岁左右，比照片上胖了不少，不过发型却没有任何改变，还是干净的寸头，身上穿了一套灰色西装。

"岳先生，你好！"唐薇走上前去，在岳宏远面前出示了警察证件，"关于赵心水女士的案子，我们想请你协助调查。"

岳宏远把脸一沉："不是刚问过吗？怎么又来了？"

"有些地方我们不是很明白，所以想找你再确认一下。"唐薇收起证件，客气地说道。

"你没看见我正在忙工作吗？待会儿我还有个很重要的会议，没空和警察聊天。你们要是有精力，就赶紧把这个案子给破了，别整天纠缠无辜的人。"

"赵心水女士被杀，你是不是心里松了一口气？这样的话，她就不会再纠缠你了。"陈爔不知何时站到了岳宏远的身边，脸上挂着不怀好意的笑容。

"我听不懂你在说什么！"岳宏远别过脸。

就在这时，电梯到了。岳宏远快步走进电梯，伸出手指，不停地去按关门键。正当电梯门快要合上时，一只手从缝隙中伸了进去，扒住了门的一边。

那是陈爔的手。

"给我们五分钟，不然的话，我们今天是不会走的，"陈爔虽然脸上挂着笑容，但语气很坚定，给人一种压迫感，"怎么样？要不要请我们去你办公室里喝五分钟咖啡？"

岳宏远对陈爝怒目而视，但毫无办法。

"只有五分钟，多一分钟也不行。"他冷冷地说。

我们便跟着岳宏远一起进了他的办公室。

办公室的面积虽然不大，但两面都有落地窗，看上去十分明亮。也许是怕屋外的同事听见我们的谈话，岳宏远一进办公室就关上了门。

"说吧，你们想问什么？"岳宏远站在落地窗前，脸上写满了愤怒。

"听说你和赵心水的关系不简单。"唐薇问道。

"是不是蒋蕾那个臭女人说的？哼！她自己也不是什么好东西！"

"别管是谁说的，我只想听实话。"

岳宏远转过身，背对着我们："没错，她是喜欢我。"

"喜欢你？就这么简单？"唐薇冷笑道。

"她喜欢我，我也觉得她不错。但是这和她的死又有什么关系？"

"据说，你提出了分手，是吗？"

"这和她的死有关系吗？难道你是想说，因为我提出了分手，让赵心水伤心了，所以才导致了她的自杀？如果分手也有罪的话，那我无话可说！"

岳宏远说话时气势汹汹，完全看不出半点内疚。

"没人说赵心水是自杀。"

听唐薇这么说，岳宏远转过身来。

我很清楚地看见，他右侧的嘴角在微微颤动。

唐薇又说："岳先生，我希望你能了解一下自己的处境。如果警方调查发现赵心水确实是被人谋杀，那么，你的嫌疑最大。"

"胡说八道！你有证据吗？"岳宏远朝唐薇吼了一句。

"证据？证明你们两个是情人关系吗？只要一个电话，我就能查到你和赵心水所有的开房记录和酒店录像，这算不算证据呢？"

唐薇并没有被他盛怒的样子吓到，反而比之前更加平静。就算是我这样的门外汉，都能看出岳宏远已经乱了阵脚。

"根本不是你们想象的那样……"岳宏远说话的态度比刚才软了不少，"我很爱心水，只不过我们真的不能在一起。但是，不能在一起，也不代表我想要杀她啊！"

"这话你自己信吗？"唐薇冷笑。

"况且，想要赵心水死的人，又不止我一个！你们为什么只盯着我？"

或许是真的被唐薇逼得丧失了理智，岳宏远竟说出这样的话来。

"还有谁？"陈爝率先发问。

"夏伟豪！最想杀死赵心水的人，一定是他！"

"何以见得？"

"因为他曾经追求过赵心水，但是被无情地拒绝了。"

不知道是不是错觉，我总觉得岳宏远在说这句话时，还有些得意。

这个消息显然出乎了唐薇的意料,她愣了好一会儿,才反应过来:"夏伟豪,就是那个画家?你确定他追求过赵心水?"

"心水亲口对我说的,那还有假?"

"那么,夏伟豪知道你和赵心水保持婚外恋的关系吗?"唐薇又问。

"应该不知道。"

"最后请教你三个问题,"陈爔在落地窗前来回踱步,"第一,案发那天,是谁喊大家起床玩游戏的?第二,听见门外有玻璃爆破声,你打开门的时候,看见了什么?第三,当天吃过晚饭,你觉得身体有什么异常?"

我实在不明白陈爔问的这三个问题和案子有什么关系,相信唐薇警官也和我想的一样。

岳宏远沉思片刻,开口答道:"我记得当天夜里喊我们起床的人是夏伟豪。本来我们打算喊醒心水一起玩,结果电话打不通,就想去敲门,但蒋蕾说既然她都睡着了,那就算了。想想也是,反正三个人也可以玩,就没去喊她。大约玩了一个小时,忽然听见门外传来一阵玻璃破碎的声音,我立刻打开门,发现夏伟豪已经打开门,一脸惊愕地看着客厅,随后蒋蕾也开了门。这时,我就听见了客厅大门被关上的声音。至于吃过晚饭后有什么异常,好像头有点晕乎乎的,打不起精神来,其他倒也没什么。"

陈爔满意地点了点头,然后大步走出了办公室。

显然，他已经得到了想要的答案。

六

我们见到夏伟豪的时候，他正在画室作画。

可能是因为租金的关系，画室所选的地段并不怎么样，还是个潮湿的地下室，不仅空气里充满了霉味，空间也极为逼仄。不过他所处的这个地方，倒是满足了某些人对艺术家的幻想。

夏伟豪对于我们的到来并不惊讶，他打开门后没有原地停留，而是走到了画架前，拿起调色板，继续用画笔在画布上涂抹颜料，连看都不看我们一眼。

他看上去比我想象得要年轻，至多二十五岁，整个人非常消瘦，个子比陈爝还高，目测起码一米九。他的穿着也很随意，身上套了件脏兮兮的黑色毛衣，穿着牛仔裤，裤腿卷得很高，露出白皙的脚踝。他右脚的脚踝上，还贴着一张创可贴。

"我们有些问题想要请教你。"唐薇开门见山地说。

但夏伟豪对她所说的话置若罔闻，画笔不停地在布上游走。近距离一看，他正在创作一幅风景画，只是画中的风景对于我来说未免太过灰暗。

唐薇清了清嗓子，问道："案发那天，是你负责喊醒大家的吗？"

"是的。"夏伟豪的回答十分干脆。

"也是你第一个打开卧室门，发现屋外的玻璃艺术品都被打碎了？"

"是的。"

说话时，夏伟豪的眼睛始终没有离开画布。

"那你和赵心水是什么关系？"

"朋友。"

"单纯的朋友吗？"

"是的。"

"可是我听别人说，你曾经追求过赵心水，是不是？"

唐薇的这句话，终于让夏伟豪停下了画笔。他微微侧过脸，冷冷地说："谁告诉你的？"

"我只想知道这件事的真假，至于是谁告诉我的，与你无关。"

夏伟豪低下头，对着地面怔怔出神，过了好久，才低声答道："没错，我是追求过她。"

"但她拒绝你了。"

"没错。"

"所以你怀恨在心？"唐薇试探性地问。

夏伟豪猛然抬起头，怒视着唐薇。我甚至都能感受到他目光中的寒意。

"我没有！"

"那当时警方给你做笔录的时候，你为什么没有主动交代？"

"这并不重要。"夏伟豪没好气地说道。

"杀人动机不重要，那对你来说，什么才是重要的？"

"我……我没有杀她!"

相比蒋蕾和岳宏远,夏伟豪的口才差了很多,只是不停地说自己没有杀人。

"但是你有动机!"

"相比女人,赵心水对我来说,更是一位重要的艺术家。我欣赏她的才华胜过一切,我怎么可能杀她?你……你们不要血口喷人!"

夏伟豪这段话说得倒很诚恳,不过唐薇似乎并不买账。

"少跟我来这套!根据蒋蕾和岳宏远的口供,他们都是被你的电话叫醒的,所以你是第一个醒过来的人,没错吧?这样看来,你动手的机会比他们大得多!"

唐薇步步紧逼,试图用语言攻势来瓦解夏伟豪的心理防线。

夏伟豪反驳道:"我虽然是第一个醒来的人,但我并没有走出卧室啊!就算他们撒谎,你也不知道!况且除了我有杀人动机之外,蒋蕾也有!"

我没想到蒋蕾竟然也有杀死赵心水的动机。之前拜访她时,见她声泪俱下追忆赵心水的样子,完全不像一个有心机的女人。

"你说蒋蕾也有动机?"唐薇眯起眼睛,露出不信任对方的表情。

"我……我可没有胡说!蒋蕾的男友,就是被赵心水抢走的,这件事艺术圈里的人都知道。蒋蕾的男友是个青年雕塑家,因为蒋蕾的关系,平时也很照顾赵心水。他们日久生情,就发生了肉体关系。最后，青年雕塑家去和蒋蕾摊牌，表示想要和赵心水交往，并提出了分手。蒋蕾知道这件事后，深受打击。赵心水立刻去找蒋蕾，说自己不会和青年雕塑家继续下去了，还想让蒋蕾继续做她的经纪人。"不善言辞的夏伟豪终于把这段话磕磕绊绊地说完了。

"蒋蕾最后答应了？"我实在难以理解。

"是的，她答应了。当时我也很吃惊。不过转念一想，可能蒋蕾也是以事业为重，毕竟像赵心水这样的艺术家百年难遇，而且她也兑现了自己的诺言，立刻与青年雕塑家断绝了来往，与蒋蕾重归于好。"

听完夏伟豪的叙述，我感觉自己的三观受到了严重的打击。

关系如此复杂的四个人，竟然还能相约一起进餐，半夜还能一起玩游戏……

究竟是我出了问题，还是这个世界出了问题？

不过反观陈燨，倒是表现得很淡定，可能是他见过比这更毁三观的事吧。

"你们还有什么要问的吗？"陈燨在我们身后打了个哈欠，"如果没事的话，我就先走了。早上被你们吵醒，脑袋到现在还晕乎乎的呢！"

"明明是中午！"我纠正道。

"都一样……"

"可是我们还没问完呢！"唐薇对陈燨态度的突然转变很不理解，"而且，根据他的证词，我们还必须找蒋蕾谈一谈，她并没有告诉我们赵心水曾抢过她的男友。"

不理解就对了,世界上没人能理解陈燏。

"别去找什么蒋蕾了,因为没什么可问的,真相已经在你眼前啦!"

"眼前?"唐薇还是云里雾里的状态。

"就是他啦!"陈燏指着夏伟豪的脸,大声对唐薇说道,"凶手就是这个家伙!"

七

回到思南路的居所后,我感觉自己浑身都快要散架了。奔波了十多个小时,连一口像样的饭都没吃上。不过,忙碌了一天也不是没有收获,毕竟还是抓到了杀死赵心水的凶手。

陈燏一回到家,连外套都没脱,就直接倒在了沙发上,闭目养神起来。

其实我也想躺一会儿,可是饥饿感战胜了疲劳,催促我快点去冰箱里找些食物吃。

"别做饭了,我们叫外卖吧。"陈燏躺在沙发上,闭着眼睛嚷嚷。

"都快饿扁了,我可等不及外卖了!"我从冰箱里取出面包,塞进了嘴里,"你要不要来一块面包?味道还不错!"

"我可不要吃冷冰冰的东西。"陈燏把双手枕在脑后,双脚搁在茶几上。

无奈之下，我只能拿出手机，替他叫了份热汤面。

陈爘一点自理能力都没有，有时候我真的怀疑，遇到我之前的二十几年，这家伙是怎么活下来的？

我在厨房泡了两杯热茶，然后走到他面前坐下。陈爘接过茶杯，轻轻地啜了一口。

"你怎么知道夏伟豪就是凶手呢？"这个问题我憋了一路，眼下终于有机会问出口了。

之前在夏伟豪的画室里，当陈爘指出他就是凶手后，夏伟豪竟拔腿就跑，还把我撞翻在地。可他身手再敏捷，又哪里是唐薇的对手？他刚跑出画室大门，就被唐薇从背后紧紧抱住，直接摔倒在地。这一记抱摔力量很大，夏伟豪顿时丧失了抵抗能力。

唐薇联系了警局的同事，将夏伟豪带了回去。临行之前，陈爘在她耳边说了些什么，但由于相隔太远，我完全没有听见，只记得唐薇听完之后表情震惊至极，半天说不出话来。

"这不是很明显吗？"陈爘把茶杯放在茶几上，调整了一下坐姿，"除了他之外，我实在想不出第二个人了。"

"可蒋蕾和岳宏远不都有杀人动机吗？"我问道。

"有杀人动机和真正实施杀人行为，完全是两码事。"

"那你能不能告诉我，这次案件的凶手究竟用了什么手法，才把赵心水的屋子变成玻璃密室的？"其实相比凶手的身份，我对这次案件的诡计更感兴趣。

被害人赵心水的尸体周围布满了玻璃碎片，而且客厅的房门紧闭。这如同魔法般的杀人现场，夏伟豪是如何做到的呢？

"其实真相非常简单，答案就在'玻璃'上。"

"玻璃？"我不是很明白他的意思。

"你还记不记得，我曾经问过岳宏远，吃过晚饭之后，有什么不对劲？他说头有点晕乎乎的，所以就去睡觉了。其实他们，包括赵心水，都被凶手下了安眠药。等他们睡着之后，凶手就起床来到赵心水的房间，把她抱到客厅中央，用一块尖锐的玻璃割开了她的颈动脉。"

听到这里，我不由坐正了身子。

陈爔继续说："其实半夜起床打游戏，也是凶手的计划之一。到了凌晨，凶手用'某样东西'布置好了杀人现场，接着回到自己的卧室，继续睡觉。到了凌晨2点的时候，安眠药的药效也退得差不多了，于是凶手就用电话一个个将他们叫醒，然后假装无法联系赵心水。但他没想到，蒋蕾竟然提议让赵心水再睡一会儿，他们三个人玩，凶手听了立刻就同意了。在他原本的计划中，应该是由他去喊醒赵心水，再假装说赵心水要睡觉，让他们自己玩。不过，既然蒋蕾提议三个人玩，那就将错就错，反而比他的计划更自然。"

"原来如此！你刚才说凶手用了'某样东西'来布置杀人现场，究竟是什么东西？"我迫不及待地问道。

"玻璃。严格来说，是赵心水下一个作品的原料——玻璃板。"

陈爔这么一说，我才记起来，赵心水家有十多块长150厘米、宽80厘米、厚6厘米左右的透明玻璃板。她原本打算用这些材料，制作她的下一个作品"水晶魔方"。

"凶手砸碎这些玻璃板就是为了让大家无法靠近尸体？可我还是不明白，客厅的大门是怎么关上的啊？"我问道。

陈爔笑着说："韩晋，你只猜对了一半。玻璃板确实是被凶手击碎的，但不是你想象的那样。凶手杀死赵心水之后，将她准备制作艺术品的玻璃板一块一块竖着排列起来，从客厅大门排列到他的卧室门口。"

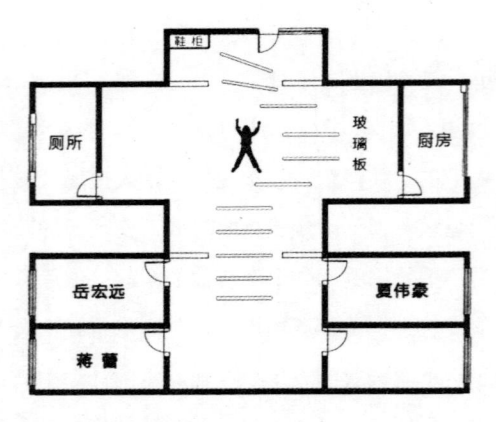

"排列起来？"我的心跳加快了。

"没错！"陈爔伸出右手，弹了一下食指，"随后，凶手进入卧室，开始打电话把众人喊起来打游戏。一个小时之后，凶手边打游戏，边偷偷打开卧室大门，然后站在自己的门前，将第一块玻璃板轻轻一推……"

"玻璃板倒下了？"我接着他的话说了下去。

214

"那些排列的玻璃板,犹如'多米诺骨牌'般,产生了连锁反应,前一块玻璃板压倒后一块玻璃板……以此类推,玻璃板砸在地上,纷纷碎裂,而最后一块玻璃板倒下时,击中了客厅的大门,使大门自动关上。而众人开门时听见的关门声,正是在一连串爆裂声之后。"

我张大嘴巴,惊讶得说不出话来。

那位租客目击客厅的大门合上,却没见任何人出来,应该也是这个原因。

不得不说,这确实是个充满想象力的诡计。

好不容易从震惊中缓过神来,我又追问道:"可是凶手为什么要实施这么复杂的诡计呢?对他来说,有什么好处呢?"

"因为凶手没有料到,在凌晨3点的时候,竟然会有租客回家,还恰巧目击到大门关上的那个瞬间。"陈燏苦笑道。

确实,如果没有那位租客的目击证词,恐怕警察也会认为这可能是一起入室盗窃,歹徒在与房主的搏斗中打碎了许多玻璃艺术品,并在杀人之后逃逸。这样一来,再加上蒋蕾和岳宏远的证词,无论如何都不会怀疑到夏伟豪的身上。

"那你是怎么确定,凶手就是夏伟豪的呢?"我又问道。

"用逻辑推理啊!你想,如果你来实施这个犯罪手法,最困难的地方在哪里?"

我想了想,答道:"应该是怕玻璃板倒下的时候,来不及关门。"

"对,因为推倒玻璃板后,就算你立刻关门,也会怕另外两个人开门时瞧见。所以凶手索性把心一横,在完成推倒玻璃板这个动作之后,并没有关门,而是让大门敞开着。这样一来,不论是谁先开门,他都可以假装是第一个开门并看见一地玻璃碎片的人。"

"我想起来了!岳宏远说过,他听见玻璃碎裂、打开门的时候,就已经见到一脸惊讶的夏伟豪了。最后开门的则是蒋蕾。"

"没错。"陈燏同意道。

"可是你这个推理,也只是臆测,并没有证据啊。"我总觉得少了点什么。

"确实,我只是从心理层面出发,推理出第一个开门的人就是凶手。但当我去夏伟豪的画室,见到他的第一眼时,我就确定自己的推理没有问题——夏伟豪,就是凶手!"

"为什么?"我当时也在场,但并没有觉得夏伟豪有什么异常表现。

"因为他脚踝上的创可贴。"

"创可贴?"我怔了一怔,顿时恍然大悟,"我明白了!"

"你也不算太笨!没错,他脚踝上贴了创可贴,说明他受了伤。也就是说,在赵心水家里的时候,他的脚踝被划破了。韩晋,我再问你一个问题,如果在推倒玻璃板的时候,你没有立刻关门,而是站在门口看着玻璃板一块块砸碎,会发生什么?"

"虽然概率不大,但还是有可能会被飞来的玻璃碴划破。"我回答道。

"所以我在见到夏伟豪脚踝的伤势时，就几乎可以肯定，他就是杀死赵心水的凶手。"

解释完毕后，陈燏像是虚脱一样，整个人又躺回到沙发上。

"可夏伟豪为什么要杀死赵心水呢？他不是说，比起作为女人的赵心水，自己更爱身为艺术家的赵心水吗？"我还是不能释怀。

面对这样美丽且天才的女子，同为艺术家的夏伟豪怎么能下得去手？

陈燏长叹一声，淡淡地说道："一个人对另一个人的杀意，有时候就像多米诺骨牌那样，是一系列连锁反应造成的。能起杀心，通常是好几件事的积累，最后形成的爆发。韩晋，你别误会，认为我是在为凶手开脱，其实不是，完全不是！我只是觉得可惜，不论是被害人还是凶手，最后都会像赵心水身边的玻璃那样，粉身碎骨。爱人也好，亲人也罢，人与人之间憎恨的结果，无非就是这样。"

他话音甫落，门铃声就适时地响了起来。

看来，我们的外卖到了。

冥王星密室事件

罗 夏

带枪上冥王星是个麻烦,我知道。但直到发现老阎尸体的时候我才明白这麻烦到底有多大。

宇航安检的时候,安检员说:"这是违禁品!火药里有氧化剂,真空中也能发射的,懂不懂?"就像训斥第一次上太空的乡巴佬——当然我的确是。

"这把柯尔特跟了我很多年,从不离身。"我拆下弹夹,退膛,示意没有子弹。

安检小伙子不依不饶。

老阎拍拍小伙子的肩膀:"这是我老同学,给个面子。"对老阎来说,很多事情用"给个面子"就解决了。

作为一名私家侦探,我很清楚老阎的背景。私家侦探要义——调查对象要查,委托人更要查。

他读书的时候是个混子,和所有成大事的人一样,赶上了东风——大宇航时代——做了一只台风口上的猪,还是膘肥体壮的那种,成立了国内第一家民营宇航企业,一开始做小行星采矿、太空运冰，后来发现了一条真正的生财之道——星际旅游。

只有见过冥王星壮景的人才知道星际旅游多么诱人。老阎的基地建在"汤博区"的斯普特尼克平原，走下飞船的一瞬，大伙儿都怔住了。天地空远，盐粒般的氨雪飘飘洒洒，落在无边无际的冰原上。

冥王星天光晦暗，正午也和地球上多云的傍晚差不多，正是这种晦暗不明的光，给雪下莽原蒙上一层阴郁的美感。我抬起头，太阳仍是天空中最亮的星星，但因太远显得很渺小。

与之形成强烈对比的，是那个巨大的天体——卡戎，冥卫一。这是冥王星的"月亮"，比地球的月亮看上去要大数十倍。卡戎的绝大部分隐没在黑暗中，只有边缘有一轮弧光，像挂在冥王星地平线上的一枚巨型钻戒。

老阎解释道："这么大是因为它太近了，19570千米，比地球南极到北极的距离还小。刚来的人都觉得这轮'月亮'震撼，其实你们两年后再来，才能见到真正的震撼景象。"

第二天，我明白了老阎说的更壮观的景象是什么，也明白了他组织几个老同学星际旅游的意图。

老阎带我们去看一根柱子，一根巨大的金属立柱，立在基地附近的环形山底部。老阎说他最初开发冥王星的时候就立下了那根柱子，之后养成一个习惯：每天都要去那根立柱上静坐一个小时。待在冥王星上一天，这个习惯就保持一天，从未变过。这根立柱有什么作用，对老阎来说意味着什么？

老阎说："其实我开发卡戎比冥王星还早，最早运冰那会儿主阵地就是卡戎，公司外太阳系的总部也设在卡戎上。飞船经常往返卡戎和冥王星之间运送物资，是一笔不小的开支。我一直在想，有没有其他方法可以更快捷地往返于卡戎和冥王星之间，后来我们知道，其实有个方法一百多年前的古人就想到过，只不过那太过疯狂了。"

"什么方法？"有人问。

"桥，在卡戎和冥王星之间修一座桥。"他不再望天，转过头望着我们，平静地说出这一句话。

"什么意思？"大家很不解。

"桥不是某种比喻，桥就是桥，跨河的那种水泥桥。只不过这次的桥，要跨过的是冥河。"老阎粗人一个，居然说话用典，看来这些年的星际生涯确实改变了他。

我明白了他的意思，因为"潮汐锁定"的天体效应，卡戎绕冥王星公转的周期，恰好等于卡戎自身的自转周期和冥王星的自转周期，也就是说它们始终保持同一面朝向对方。卡戎实质上可以看作冥王星的同步卫星，可以在二者上面找到相对静止的两个点。

"一百年前的疯狂设想，其实并没有那么难以实现。支持这项工程的太空电梯技术已经非常成熟，相较于地球同步轨道的高度，19570千米近得多。唯一的困难，就是巨额的资金投入。只要各位愿意投资，两年以后，一座长达19570千米的跨星球之桥就可以建成。那时候各位可以坐火车到卡戎上去,想象一下,坐火车穿越星空是什么感觉?"

我一下子明白那个立柱是什么了,那是一个桥墩,老阎刚上冥王星的时候就打下这个桥墩。每天在上面静坐,是在反刍自己的壮志和野心。

其他几位同学都不说话,已经在思考这项投资是否可行。不管怎样,至少这个计划充满了想象力,如果成功,就是人类史上最伟大的建筑了。他们脸上露出了神往的表情。

只有我很冷静:"老阎,你知道的,我只是个私家侦探,靠佣金生活的……"

老阎爽朗一笑:"你帮了我和老孙不少忙,组织这次旅游之前,老孙专门给我提了下,说你还没上过太空,叫我带上你,算还你人情了。"

老孙是老阎的副手,这些大人物总有些事不方便亲自做,我就帮他们做了。与其说还人情,不如说收买人心,让我封口,毕竟,我掌握的秘密,其价值可不止一次星际旅游。

之后几天,老阎带着我们饱览异星景色——冰火山、地下的甲烷海洋。另外,我们还搞了一次滑雪。氮冰特别容易汽化,滑雪板轻轻一摩擦,就生成一层气垫,将滑雪板反冲起来,根本不是滑——是飞!

除去带我们游玩的时间,老阎基本待在他那根立柱上静坐,看得出来，对于这个梦想，他很痴狂。

第六天，他死在了那根柱子上。

看着老阎的尸体，我想，这可真是死在了梦想上，算不算求仁得仁？

案发时间是北京时间 14 点 39 分，这是毫无疑问的。宇航服的工作记录于 14 点 39 分停止。一颗子弹从宇航服头部斜后方射入，打进了老阎的脑子。

没人检查子弹是什么型号口径，因为没那个必要——整个星球上只有一把枪，不是吗？大家看我的眼神很不对劲。

我被栽赃了，手法原始却干净利落。凶手知道我多年枪不离身的习惯。而我确信这几天没人把枪从我身上偷走过——虽然承认这点对我很不利。

为了表示严谨，那几个人限制了我的人身自由后召集了基地的所有人，搞了象征性的大搜身，并检查了基地的所有角落，没有发现第二把枪。想偷偷带一把枪通过安检，真的不太可能。

"你有什么要辩解的吗？"张龙伟问我，他也是旅行团的一员，行星理事会的法律顾问。国字脸，不苟言笑。

"我是带了枪，但没子弹。"我知道这种辩解很无力，但不打算坐以待毙。

我说："有个疑点。今天下了一场氨雪，14 点 38 分停的。要击毙位于环形山底部立柱上的老阎，我必须爬到环形山上——因为子弹是从头部斜后方射入的。经过雪地，必然留下脚印。但现场没有。"

"雪地密室。"旅行团中的另一个女人不咸不淡地说，没有为我开脱，也没有指控。她叫宋佳佳，星际开发银行副行长。

这的确是一个疑点，没有解开之前，他们也不好坐实我的罪名。

我说："既然案件存疑，那么我也有理由怀疑其他人，请大家配合我的调查。"

不调查还好，这一调查，反而让我更加被动。

因为调查显示，所有人都有绝对的不在场证明，除了我。

不在场证明的确认很容易，基地的门出入都有身份验证记录。14点到15点之间，其他人都待在基地里，只有我出去过，去基地外面散步，独自一人。

如果不是我确实没杀老阎，我自己都忍不住承认我是凶手了。

对我的指控可以说铁证如山，他们只是还不知道雪地密室的解法而已，但目前的证据，已经足够定罪了。

"目前的情况，不管我怎么辩解都没用了，能不能给我两个小时让我去案发现场坐坐。别担心我会跑，能跑到哪儿去啊？"我笑了笑，有些苦涩。

那几个人商量了一下，同意了，反正我确实跑不了。

我坐在老阎坐过的立柱上整理思路。这其实是一个双重密室。

凶手要解决两个问题：如何出入基地的门不留下身份验证的电子记录？如何离开犯罪现场不留下脚印？

在搜查基地的同时，多位技术人员确认过了，门的记录没有伪造痕迹。那么，需要何等的缜密和机巧，才能布下这样的惊天迷局？

我陷入苦思中。时间一分一秒地流逝，两个小时，如果不能找出真凶，破解双重密室，我就只能安安心心当凶手的替罪羊，被送上星际法庭。

我掏出枪，看着这罪魁祸首，突然冒出一股火气。如果不是非要带上这玩意儿，就不会有这个局面。一怒之下，我把它扔了出去。它飞出很远很远。

等等！望着那把飞出去的枪，我突然想到了什么。错了，之前的思路全错了！

有一个方法！有一个方法可以解释这一切。只是那太过疯狂，太过诡异，我甚至不敢相信。

用宇航服的电脑，我快速查了一下资料。那个方法是可行的！寒气从肺腑升腾。真的有人通过这种异想天开的方法杀人吗？

就在我犹疑的时候，我看到了一个关键性的证据！这个证据，完全证实了我的猜测。

回到基地，我公布了我的结论。

"确认凶手的思路其实很简单：第一，我确信人不是我杀的，这点非常重要，这是我展开一切推理的基础；第二，在座各位也不具备杀人的条件，也就是突破那个双重密室的能力，因为门的电子记录没有造假痕迹，所以老阎也不是在座各位杀的。既然凶手不是我，也不是各位；枪不在现场，说明也不是自杀。综上所述，凶手的身份其实已经昭然若揭了。"

张龙伟说："难道，冥王星上还躲藏着一个我们都不知道的人？"

我笑了笑："不可能，脱离基地，没有人能在冥王星生存。"

"你说凶手不是你，不是我们，也没人能藏起来。那就见鬼了，冥王星上只有你和我们呀。"宋佳佳说。

我"嘿嘿"一笑，笑得恐怖："你一句话道破了重点。谁说凶手一定要在冥王星上杀人？"

这句话本该像炸弹一样炸个沸反盈天，却引来一片惊人的死寂。都是聪明人，他们好像明白了什么。

我说："凶手，是在19570千米外的冥卫一上射杀了老阎！

"以前有个科盲记者问NASA的宇航员，卡戎的引力这么小，一个人在卡戎上奋力一跳可不可以跳到冥王星的轨道上？宇航员说不行，卡戎的逃逸速度是641米每秒，只有到达这个速度才可以脱离卡戎的引力。没有人起跳可以达到这个速度。可是，人达不到，对于子弹来说，就太轻松了。641米每秒的出膛速度，一百年前的某些自动步枪都能达到，现在的枪支更不在话下。而且在真空环境中，子弹的出膛速度比地球上更快。

"从卡戎上射出的子弹,如果不受外力影响,不要说飞行两万千米,就是飞到宇宙尽头也没问题。

"问题是隔得这么远,怎么能瞄准呢?这要归功于那根立柱。那根立柱是老阎构想的星桥的桥墩。根据常识,桥墩一般是成双成对的。所以,在卡戎上,一定也有一根一模一样的立柱。因潮汐锁定,两根立柱隔着上万千米保持相对静止的对趾关系。也就是说,它们正对着彼此。

"从那根立柱上发射的子弹,只要出膛速度足够快,就可以打到这根立柱上——因为卡戎和冥王星都没有大气层,有也稀薄到忽略不计。当然受引力的影响子弹会偏离理想直线,但这种偏离是线性的,也就是说,可以计算和校正。

"而且,老阎每天都在固定时间去柱子上静坐一个小时,凶手有太多动手的机会。其实,这场谋杀好多天以前就开始了,只不过今天才得逞。我在现场勘察的时候,发现了立柱上的一些金属碰擦痕迹,起初我以为那是小陨石,现在看来并非如此。那是无数发子弹撞击留下的灼痕!

"这么一来,这个双重密室也就迎刃而解了。如果我说一个人在月球上用手枪射杀了地球上的另一个人,你们一定会大嘴巴抽我。但是,类似的事情真的发生了,就在我们眼前。"

三天后,老孙被逮捕了。

向老阎提出带我旅游是这个局的开端。我是他费尽心思找的替罪羊。

老孙对我说:"对不起。星桥计划不能搞,所以老阎必须死。老阎要做一件事谁都阻止不了,除非杀了他。"

我摆了摆手。我不关心动机,犯人也无须向侦探道歉。

在返程的飞船上,我想起老阎,这个不凡的男人,立志要修一座桥跨越冥界之河。

桥恐怕修不成了,希望冥河上有人为他摆渡。

密室的"谜"与"解"

鸡 丁

自世界第一篇推理小说《莫格街凶杀案》诞生以来,"密室"这个概念就被埃德加·爱伦坡引入到世界,后来逐渐成为推理作品中家喻户晓的热门题材。无论是欧美侦探小说热潮的"黄金时代",还是日本推理小说发展至今的"新本格时代",不计其数的创作者为这一题材贡献过脑细胞。日本推理作家横沟正史甚至在其代表作《本阵杀人事件》中借主人公之口说过:"没写过密室的推理作者算不上真正的推理作者。"

那么,密室究竟有何种魅力,能够让推理作家们前赴后继地为其绞尽脑汁呢?今天,笔者将试着从谜面和解答两个方面去解构"密室"。

密室的谜面

首先我们要了解密室的概念,什么是密室?现在很多人会把推理小说中的密室,和平时玩的"密室逃脱"游戏,以及"孤岛 / 暴风雪山庄"模式混淆。其实三者是完全不同的东西。

通常来说,推理小说中的"密室",实际是一种谜题类型,属于"不可能犯罪"的范畴。顾名思义,大多数时候,密室就是一个封闭的房间,这个房间因为某些物理条件的限制,使得外人无法出入其中。而就在这样的房间内,竟然发生了案件——有人被害,或有东西消失不见。

那么,犯人如何进出这个密闭的房间,就成了密室难题最大的悬念。排除量子物理学中那些奇奇怪怪的理论,至少经典物理法则告诉我们,人是不可能穿墙而过的。依照这样的逻辑,密室案件在现实中是不可能发生的——可它偏偏就发生了。那么,如何用正确的逻辑去推翻错误的认知,找到打开密室之门的钥匙;如何将"不可能"化为"可能",便是密室题材最大的看点。

密室题材的魅力就在于此。密室的谜面往往是超脱现实和违背理性的,但无论多么离奇,最后的解答必须要回归理性,给出合情合理的解释。其实对创作者来说,这是一个很自虐的过程。

言归正传,我们先从谜面的角度,来看一看密室有哪几种主要类型。

◎反锁密室

首先是最传统的一类密室,笔者称之为"反锁密室"。顾名思义,反锁密室的门窗均从内部反锁,是一种最为常见的密室类型。反锁的方式一般也分为两类。第一类是利用插销、月牙锁等从内部将门窗反锁,这样的操作只能在房间内部进行。第二类是利用钥匙在房间外部将房门反锁，但通常唯一的钥匙会留在房间内。

犯人行凶后从这样的密室中凭空消失，只留下一具被害者的尸体。而无论上述哪种情况，犯人做不到既反锁房门又离开房间，所以案发现场呈现出最为简单粗暴的"不可能状况"。

本质上，反锁密室的要素在于"利用某些手段将房间出入口从内部封锁"，从这个角度延伸开来，还有一种更为极端的反锁密室，那就是——胶带密室。

欧美侦探小说黄金时代三巨头之一的约翰·狄克森·卡尔被称为"密室之王"，一生设计出五十余种不同类型的密室。卡尔曾和另一位美国推理作家克莱顿·劳森以"胶带密室"为命题进行了一场竞作对决。卡尔交卷的是长篇小说《爬虫类馆杀人事件》，时隔四年之后，劳森则以短篇《来自另一个世界》应战，两部作品均从不同角度攻打胶带密室。此次切磋也成为推理史上的一段佳话。

所谓胶带密室，就是利用胶带从内侧将门窗牢牢贴死的密室，严丝合缝，连一只蚊子也飞不进来，是一种极富挑战性的完美密室。

除胶带密室之外，中国本土还有一些推理作者挑战过"水泥密室"，即用水泥将房间内侧全部封死的密室，谜面极其华丽。而这些其实都是"反锁密室"的升级版。

◎高度密室

除了涉及门窗、锁与钥匙的密室，还有一类受到自然环境的限制而形成的密室，其中最受推理作家青睐的，是利用房间的高度来作为犯人潜入障碍的密室,笔者称之为"高度密室"。

在一些古典推理小说中经常能看到这样的场景:被害人从石塔顶部的房间坠落而亡,房门从内侧反锁,窗户敞开,但房间离地面有数十米高,石塔的外壁上也没有任何攀爬的痕迹。那么犯人是如何将被害人推下塔的呢?难道凶手长了翅膀?

这样的"高塔密室"就是一类比较常见的高度密室。除此之外,像是被害者独自乘上缆车或热气球后在半空中死于非命,也都属于高度密室的范畴。总而言之,这类密室是将人力无法突破的高度变成了密室的枷锁,往往展现出的都是极为不可思议的谜团。

◎监视密室

能成为密室枷锁的还有一样东西——证人的视线。试想一下,房间的所有出入口都在证人的监视之下,屋内的人依然离奇被杀。事发后,所有目击者都声称,没有看到任何人出入过房间。那么,犯人是如何在众目睽睽之下潜入现场行凶的呢?难道犯人会隐形?这就是由证人目光构成的"监视密室"。

监视密室的代表作,是英国作家 G.K. 切斯特顿的短篇推理小说《隐身人》。在日本,日本侦探小说之父江户川乱步也很着迷于这类密室。畅销君东野圭吾也创作过"神探伽利略"系列的短篇作品《鬼火之谜》,这是笔者相当喜欢的一篇监视密室佳作。

延伸开来,证人的目光也可由监视探头代替,这在很多以盗窃为主题的推理故事中最为常见——窃贼神不知鬼不觉地盗走美术馆内价值连城的艺术品，但监视探头却没有拍到任何身影。不过因为监视器这种东西很容易被篡改，所以比起证人直接目击，谜面的精彩程度要逊色不少。

◎广义密室

其实，密室的概念并不局限于一个小小的房间，只要符合"外人无法出入"这个条件，密室可以扩展成任何场所和空间。这类突破房间的密室，便是"广义密室"。

最常见的广义密室就是雪地无足迹密室——在一片空旷的雪地中央，被害人的尸体倒在地上，然而雪地上只有一行被害人自己的脚印，丝毫没有凶手的足迹。现场足迹的状况暗示这片雪地无人能够进入和离开，由此形成广义上的密室。除"密室之王"卡尔之外，有"法国卡尔"之称的保罗·霍尔特也很擅长设计雪地密室，他的短篇集《恶狼之夜》中就包含数个高质量的雪地密室。

除了雪地密室，密室的谜面还可以千变万化。数万观众注视下的舞台、深埋于地底的时间胶囊、两头堵死的汽车隧道、没有出口的山洞……日本上远野浩平的轻推理小说《静流姐与无底的密室群》，就是在密室谜面上寻求新花样——草丛密室、帐篷密室等都令人耳目一新。

在广义密室的范畴内，密室可以扩大到一片山林，也可以缩小成一个信封。世间万物的可能性，都包含在这个以"密室"为名的推理宝箱内。

密室的解答

如果说，密室的谜面暗示了凶手有超自然的力量——穿墙、飞行、隐身，继而营造出推理作品中神秘又惊悚的氛围，那么，密室的解答无疑是用科学来扫除这些怪力乱神的。

密室的解答，意味着谜底的揭晓，系密室诡计的最终呈现。密室之王约翰·狄克森·卡尔在他的代表作《三口棺材》第十七章里，针对密室诡计做了分门别类的超详细总结，这就是著名的"密室讲义"；无独有偶，日本推理作家二阶堂黎人在《恶灵公馆》中，也对密室进行了系统归类，被称为日版"密室讲义"。由于上述两位已经将密室诡计分析得非常透彻，同时也为了避免过度剧透，故关于密室诡计的种种笔者便不再赘述，感兴趣的读者可以直接翻看卡尔和二阶堂黎人的"讲义"。下面笔者只做一个简要的总结。

一般来说，密室的解答大致可以分为三类。

◎空间层面陷阱

空间层面陷阱，也就是通过寻找空间中的盲点来攻破密室之谜。卡尔在《犹大之窗》中提出过一个观点，大致意思是"任何一个密室都有犹大之窗，找到那扇犹大之窗，就找到了密室的突破口"。

密室真的是严丝合缝的吗？其实不然，密室中存在许多容易被我们忽视的"小缺口"——门缝、通风口、下水道、煤气管道、栅栏间隙等等。"犹大之窗"指的正是这些与外界相通的缺口。利用它们，便能布置出看似完美的密室。

最常见的密室套路，便是借助钓鱼线、胶带等道具，通过门缝将室内的插销反锁。某些日剧中，既有利用通风管道释放毒气的隐秘行凶手法，也有利用马桶下水道朝室内灌水将被害者溺死的大胆设计。

除了灵活运用空间缺口，更有一些肆无忌惮的犯人干脆直接藏在密室之中，比如躲在房门背后、床底下等，这些亦是空间的盲点。也有一些技术型罪犯会在密室中布置杀人机关进行远距离犯罪。还有人利用相似的房间制造空间错觉，完成密室谋杀。这些其实都属于空间层面的密室陷阱。

◎时间层面陷阱

如果三维的空间难以突破，那么加入第四维的时间，也许就能轻易解开密室。时间层面陷阱，通常是利用"犯案时间""死亡时间"，以及"密室形成时间"这三者之间的时间差盲点来布置密室陷阱，主要有以下两类：

第一类，是实际犯案时间早于密室形成时间。譬如被害者被捅了一刀，但并未当场死亡，他带着重伤回到自己家中，将门窗反锁，最后死在了家里。这也是我们常说的"内出血密室"。这类密室中，犯人用刀子捅被害人的时间，与被害人的死亡时间以及密室形成的时间错开了，于是一宗"不可解"的密室杀人案诞生了。

第二类则是实际犯案时间晚于密室形成时间。这类诡计在一些推理动漫里比较常见。如被害者服下安眠药趴在桌子上睡着后，众人破门而入，犯人第一个冲到被害者身边，悄悄在其脖子上刺入毒针，被害者当即身亡，而所有人都以为被害者在破门而入前就已经死了。也就是说，真正的行凶时间是在密室的状态被解除之后。

相比空间陷阱的长驱直入，时间陷阱总是巧妙地从另一维度打入密室内部，以曲折迂回的方式完成魔术。

◎心理层面陷阱

心理层面陷阱则是利用人的心理盲点来制造密室，而最简单直白的心理诡计便是证人撒谎。某位日本推理作家就把这个诡计写到了极致（当然吐槽声也在所难免）。一般来说，心理陷阱往往会与空间陷阱和时间陷阱组合使用，达到相辅相成的效果。笔者认为优秀的心理诡计难以用一两句话简单概括，这里就不再多举例了。个人比较偏爱的心理密室有上文中提到的《隐身人》《来自另一个世界》，以及东野圭吾《放学后》中密室的第一解答，有兴趣的读者可以找来阅读一下。

总而言之，密室的谜面是感性的，密室的解答又是理性的。密室是浪漫主义与现实主义相交织的产物，是幻想与智慧的结晶，也是推理王冠上的一颗璀璨宝石。希望阅读到这里的你，能够对密室有一个全新的了解，并喜欢上它。